在書架上飛行

梁科慶 著

在書架上飛行

作者／梁科慶
總編輯／黃嘓坤
編輯／劉燕雯、張婉雯
美術設計／黃漢威
出版發行／突破出版社
香港沙田亞公角山路33號突破青年村
電話：2632 0000　傳真：2632 0388
電郵：breakthrough@breakthrough.org.hk
網址：http://www.breakthrough.org.hk
http://www.btproduct.com
承印／海洋印務
1997年12月初版1刷
2004年6月2版1刷

Flying around the bookshelf

by Leung For-hing
First Printing, First Edition, December 1997
First Printing, Second Edition, June 2004

ISBN 962-8791-59-1

或坐在巨人的肩膀上，或呷一口書香，讓我們的生活漸次提升，讓眼界更見遼闊。

目錄

我思、我想……

抬起頭看見了……祂

初版序

有時，在圖書館裏蹓躂，會有一種在書架上飛行的感覺。眼前一列列的書，就像一道道飛往另一個時空、國度的門。我喜歡在書架叢中看每一道「門」，看中了，取下來，打開它，飛進它的世界裏，享受閱讀的樂趣。

作為一個圖書館工作者，我常希望讀者找到需要的資料，每當看見他們捧着書本滿足地離開，我也同樣感到滿足。

似乎，書是圖書館與讀者間溝通的主要媒介。我們把書放在架上，讀者取下來，借回家中慢慢細讀，到他們把書歸還，我們再放回架上，讓另一位讀者拿取，週而復始的。如果將這個溝通的層次稍為提升一點，由書的流通（Circulation）變成思想上的交流，豈不是更妙麼？現在《在書架上飛行》正是一個機會。這本集子收錄了我的讀書心得，藉此與大家分享。

在大學修讀圖書館學時，學了好幾種寫書評的方法，我偏好採用「資料性方式」（Informative Approach），因為讀者看完書評後，除了知道論者對書的評價外，還對書的內容有概括的了解，於是，他很快便可下個決定，要不要飛入這本書內？希望《在書架上飛行》能達到這個效果，對大家選擇書本，提供一點幫助。

梁科慶

好書介紹

我愛看書，是從兩件事情開始的。

記得有一次，我在路邊攤檔，捨「超合金」玩具而取《格林童話集》，從此我與書便結下不解緣。現在回想，仍極具象徵意義。

後來遇到一位補習老師，於是柏楊的《中國人史綱》、明川（即小思）的《豐子愷漫畫選繹》、黃春明和蕭紅的小說，便成為我的案頭讀物。那時我還只是小學五年級的學生。

一個好的開始，會改寫一個人一生的故事，但這樣的事件和人物並不容易遇上。所以誠意推薦梁科慶的《在書架上飛行》。

聯念：書與書之間的共鳴

若我小時候看過《在書架上飛行》，那麼我便不會不喜歡寫讀書報告了。

對學生來說，寫讀書報告是一件惱人的事。看過了便看過了，有什麼可以寫？還不是德育教訓一大堆？於是學生便拿着一本書不斷的鑽，看看有沒有一句「這個故事教訓我們……」這類說話；但梁科慶卻給我們看見，讀一本書，可以藉着聯想，與另一本書互相對話。

譬如林燕妮與楊靈的愛情小說。金庸曾經用香水來形容林燕妮的小說；至於流行愛情小說少女作家楊靈，梁科慶便用汽水來形容她的小說。於是香水與汽水便在梁科慶的文字中對話交談。

譬如馬友友與鄭豐喜。一個是音樂神童，一個天生殘障，本是風馬牛不相及；但在梁科慶的「示範」下，兩人的童年在文字中相遇，讓讀者看見，他們的奮鬥故事，竟有着絲絲巧妙的相應，彼此共鳴。

一本書令人產生共鳴，不一定只是讀者與作者之間的事。梁科慶告訴我們，讀者也可以充當「紅娘」，為不同的作者穿針引線，也是一件有趣的事。

書與生活對話

梁科慶談書，還有一個有趣的方式。

他的書評，往往是由一些生活事件引發的。就如香港回歸當天，譚盾、張學友、馬友友及樂團一同合演，他看見馬友友的笑容比煙花還燦爛，於是便急急找來《我的兒子馬友友》細讀。

又如他任職的公立圖書館中的一個義工，某日跟他重遇，談到充滿童話式浪漫的小說《四十四次日落》，談到作者鍾偉民的詩作《捕鯨之旅》也很值得看，他們於是相約交換來看。

要讀一本書，不一定是因為要交讀書報告，不一定要計算是否對考試有利，可以是因為生活上遇到一些事情，觸發看某些書的興趣。閱讀本來就離不開生活，而生活也不單單只有上課、考試、投資、升職。原來重新細意檢閱生活的各個細項，你會發現生活充滿着誘發讀書的機會。

閱讀，充滿啟發

其實閱讀的世界本是無拘無束。就如飛鳥，你硬要把框框加上去，那就會失去趣味，失去生命，失去活力。像本欄「好書介紹」

介紹的書一樣，你沒有非看不可的原因。但今天它與你相遇，看看又何妨？讀書，總會帶來啟發。

這也是《在書架上飛行》帶來的啟示。

梁柏堅

《U+》雜誌統籌編輯

你認識他們嗎？

好用奇字、晦澀難懂，這是否為新詩難以讓讀者廣泛接受的原因之一？

寫詩的風格人人不同，有人晦澀，有人顯淺，百花齊放，各有千秋，各有fans。可是，自三十年代至今，新詩始終未能普及，我們不能把責任推給某種風格的作品。主要的原因是，「市面上」劣詩太多，影響一般讀者對新詩的印象。

1

從余光中開始

我第一次聽到余光中的大名，是在念樹仁學院中文系二年級的史記課堂上。

那天，正當我睜着眼打瞌睡時，突然聽見老教授罵人，我頓時睡意全消，連忙收懾心神，看看哪個不長進的同學遭教授捱罵。細聽之下，原來老教授正在罵一個叫余光中的，他說：「那個中文大學的余光中寫的怎算詩！」

下課後，我周圍打聽余光中是什麼人。有同學豎起拇指跟我說：「余光中是個頂瓜瓜的現代詩人。」

我屬於不乖的學生，老師說要看的書或許看，老師說不要看的書我一定看。我於是跑到圖書館，借了一本余光中的詩集《白玉苦瓜》。選它的理由是我愛吃苦瓜。

回家後，打開詩集，讀第一首詩，不懂；讀第二首，不懂；再讀第三首，也是不懂。心裏認同老教授對余光中的批評。就在我決定闔上詩集前的一剎那，不知何故萌生一個古怪的念頭——朗讀。我想也不想，立即將第四首詩從頭到尾一字不漏地高聲誦讀一遍。就是這樣，詩的效果出來了。情況就像聽什麼男高音唱意大利歌劇一樣，你雖不懂他唱什麼，但覺悅耳動聽。

現代詩開始吸引我。

我繼續讀余光中的詩，漸漸，亦讀懂其內容。

詩讀得多，自然手癢癢，也想試寫。然而，寫現代詩有一定的難度。把散文句子分行排列，或者寫幾句似另有含意的句子，並不等於詩。而且，現代詩雖無形式上的限制，卻變化多端，易學難工。

當年，在樹仁學院教我們寫詩填詞的老詩人，常教學生「先讀後作」。老詩人說：「於漢魏六朝，直取古詩十九首，以下照曾國藩十八家詩鈔選作者，於曹植、阮籍、陶潛、鮑照、謝朓各家各就所好，熟讀三數首。」所謂「熟讀」，是「不必求全部背誦，但求口眼經常接觸，亦無需句句瞭解。」縱然老詩人所說的詩是古風，不是現代詩；創作這回事，大可融會貫通，不必拘泥於形式格局。於是我把那些詩人的名字，一一改為徐志摩、戴望舒、卞之琳、鄭愁予、紀弦、葉維廉、周夢蝶、洛夫、楊牧、黃國彬、也斯、羈雲、西西、陳德錦、秀實、李華川、陳昌敏、胡燕青、鍾曉陽、王良和、鍾偉民、鄭鏡明……

「熟讀」後，便遵照老詩人的方法，先寫短篇而後長篇，寫好以後，「為其詞意音節，與前人之作，比較如何，有不愜意處，則取讀前人詩多遍，然後修改己作，一改再改亦無妨。」結果，詩寫了幾十首，無一首稱心。這跟老詩人的學詩方法無關，全是我的資質問題。

當不成詩人，後來我改寫小說。

我筆下其中一個小說人物，特工阿Wing，是個感性的人，喜歡吟詩，而且修養不壞，現代詩中的名篇琅琅上口。讀者看得很「過癮」。這是我當年勤讀現代詩的意外收穫。

「讓影像說話」的魅力是否真的大於小說？

從表面看，影像的確比文字吸引，但不要忽略，欣賞文字是一種再創作。以金庸筆下的「獨孤九劍」為例，程小東精心設計的招式固然可觀，可是，在你我腦海裏的劍招可能更具創意、難度更高，效果甚至連荷李活的特技大師也拍不出來呢！

2 比較衛斯理與X檔案

怪誕奇特的經歷令衛斯理成為小說世界的傳奇人物。與詭異迷離的案件組成的《X檔案》相仿，《衛斯理》系列的小說同樣以科幻為題材，例如外星人、神祕傳說、靈異事件、科學難以解釋的現象等；然而，衛斯理故事是經科幻包裝的中國傳統小說。

談到中國傳統小說，不能不先提金聖歎，如果說金聖歎是中國小說評論的大師級人物，相信不會有人反對。他在評《水滸傳》時，提出「絳雲在霄，伸卷萬象，非復一目之所得定也」(《金聖歎全集壹》頁65）。他認為小說的情節應曲折多變，才能收到引人入勝的效果，而那些一覽無餘的作品，看了第一段便知第二段的情節，容易使讀者膩煩。

衛斯理故事的主幹大都很簡單，作者倪匡善於在情節的鋪排上，加插不少懸疑、曲折的枝葉。讀《衛斯理》的感覺，有點像玩拼圖，左一塊驚險，右一塊離奇，經過一番兜兜轉轉後，到所有拼塊合在一起時，讀者才恍然道：「啊！原來如此。」以下是衛斯理系列中《地圖》的故事結構圖：

其實，倪匡可以作更簡單的處理：

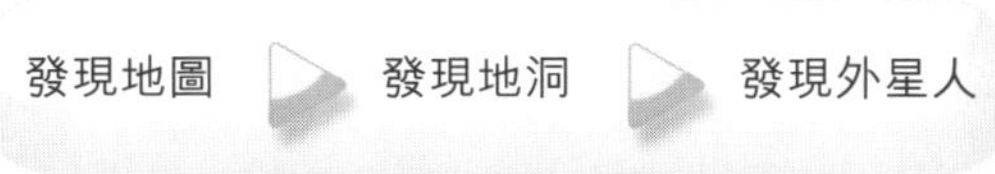

當然，若這樣的話，小說的吸引力就大打折扣了。

至於《X檔案》的故事結構大體符合調查、假設、求證的程序，大概主角霍斯和丹娜是美國聯邦調查局的探員，不能像衛斯理一般處事不受羈絆和制肘，所以，即使主題超越科學範圍，但情節依然十分科學化。以下是《X檔案・奪命異種》的重要情節：

《奪命異種》的情節是直線發展，高潮亦屬漸進式。故事的尾聲，霍斯證實尤金就是變形殺手後，便深入尤金的住處查探，另一方面，尤金卻潛入丹娜家中。當霍斯發覺尤金的下一個目標是丹娜後，馬上趕赴營救。霍斯擔心，讀者更擔心，特別是丹娜毫無戒備地在浴室裏寬衣、開水、倒浴油，而尤金則伏在屋內某處，伺機攻擊，作者Les Martin把正邪雙方的矛盾衝突推到一至高點，讀到這裏，讀者無不為丹娜的安危抹一把汗。

另一方面，《地圖》的高潮呈一波浪狀的安排：

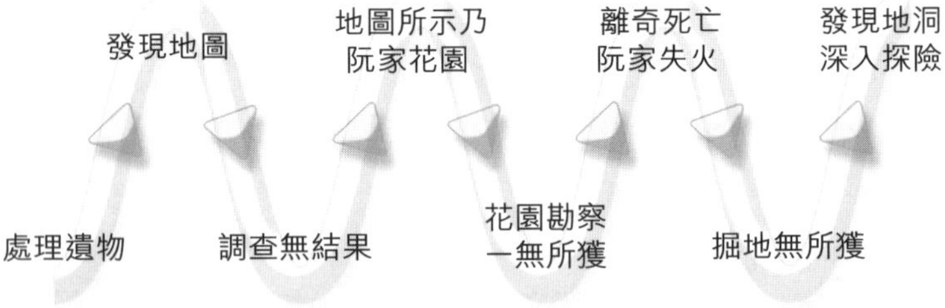

處理遺物
發現地圖
調查無結果
地圖所示乃阮家花園
花園勘察一無所獲
離奇死亡阮家失火
掘地無所獲
發現地洞深入探險

這樣的安排正與金聖歎的「疾徐相間」暗合，他以三峽的地貌作比喻：

「夫千巖萬壑，崔巍突兀之後，必有平莽連延數十里，以舒其磅礴之氣；水出三峽，倒衝豔澦，可謂怒矣，以有數十里迤邐東去，以殺其奔騰之勢。」(《金聖歎全集壹》，頁91)

緊張與舒緩的情節，紆徐與湍悍的事件，參差交錯，高潮一浪過後，平靜片刻，另一浪又湧至，令讀者捨不得把小說放下，由此可見，衛斯理故事廣受歡迎，實非偶然。

倪匡在處理小說的情節方面，無疑是頗具心思，可是，有時他因故意營造懸念和過分追求曲折，而導致失控。在《地圖》裏，最大的失控是「金色地帶」旁的數個「危險點」。「金色地帶」是外星人藏身的地洞所在，至於「危險點」的作用，在小說中，只有傑克上校嘗試推斷：等於陸軍棋的「地雷」，以保護「軍旗」(地洞)。這推斷顯然不大完滿(若完滿的話，會出自衛斯理之口)，無論人站在「危險點」上，或從「危險點」向下掘，都不會對地洞構成任何威脅，二人一狗因「危險點」而死於非命，實在是死得無謂，而真正的死亡原因，是否外星人所為？倪匡並無交代。雖無交代，卻分明與外星人有關，但在小說末後，外星人給人的印象是毫無惡意，縱使衛斯理與阮耀闖進地洞，外星人亦無條件地把他們釋放回地面，難道不怕他們泄露地洞內的祕密？既然是沒有惡意，又何以設立「危險點」害人？有人無故死亡，只會吸引衛斯理這種又固執又好奇的人追查下去，對隱藏地洞的祕密適得其反，以外星人的高度智慧，難道沒考慮到這點嗎？所以，「危險點」的作用，在整體內容上，僅是增加小說的曲折而已。倪匡無法自圓其說，惟有把答案推在阮家先祖被毀的日記上，於是成為一個謎。這是一種很「賴皮」的寫法，在衛斯理系列中，時有讀到。

反觀《X檔案》，情節的跌宕雖然不及《衛斯理》，但內容結構則較周密，即使一些不合理的地方， Les Martin 仍盡量作出解釋， 例如《黑夜魔繭》的結局：霍斯、丹娜和莫爾一起在車上受到怪蟲襲擊，奇怪地，僅莫爾一人斃命。Les Martin藉霍斯的回憶去解釋：

「霍斯還記得被牠們咬到第一口的刺痛。他記得丹娜痛苦的尖叫。既然如此，他為什麼還活着？霍斯疑惑。為什麼牠們沒有吸乾他的生命？他記不得了。當時他痛得暈了過去。難道是吉普車內的蟲子分散攻擊三人，數量不足？難道牠們不那麼餓了，因為吃了平尼和莫爾，還有——」(《X檔案・黑夜魔繭》頁201)

這些理由在某程度上，是合符邏輯的，至於相信與否，或者相信哪一個，就留給讀者決定。在這方面，我較欣賞Les Martin，起碼他不像倪匡般把解釋的責任推得一乾二淨。

當然，倪匡亦有比 Les Martin 優勝之處，衛斯理故事繼承了中國小說其中一項優良傳統——武打場面的營造。《水滸傳》、《西遊記》、《三國志演義》、《封神演義》、《七俠五義》、《薛仁貴征東》、《施公案》等，都不乏經典的武打場面。以倪匡寫武俠小說的經驗，衛斯理在他筆下，固然是身手不凡，武功超卓，就連動物，亦一樣打得精彩——

「老布(狗名)的動作快，那隻大黑貓的動作更快，以致我根本無法看清老布和大黑貓交手的「第一招」是如何的情形。

但是，在貓叫和犬吠聲交雜中，第一個回合，顯然是老布吃了虧。

因為我看到大黑貓一個翻滾，向外滾了開去，老布的背脊上已多了一道血痕，那大黑貓的貓爪是如此之銳利，一爪劃過，在老布粗糙的皮上，抓上了一道一呎來長、足有半吋深的抓痕。

可是老布卻像是全然未覺一樣，大黑貓才一滾開來，老布立時一個轉身，立即向前撲出，而且，張開口向貓就咬……」(《老貓》，頁 79)

相較之下，《X檔案》的技擊描寫就遜色得多了，就像電影一般，香港電影以功夫動作聞名，而荷里活則以科幻特技見稱，各擅勝場。不過，特技和武打僅屬整體中的一部分，完整的故事結構、鮮明的人物性格、流暢的情節發展等，皆不容忽略，電影如是，小說亦如是。

最值得欣賞的，是《X檔案》和《衛斯理》的女主角白素和丹娜在小說裏所起的平衡作用，能恰到好處地，將男主角的陽剛氣緩和下來，尤其是衛斯理和霍斯都屬固執的男性。當衛斯理的辦法行不通時，冷靜、機智、柔中帶剛的白素往往別出心裁地為他提供一個意想不到的解決方法，實為衛斯理重要的另一半；而擁有醫學博士學位的丹娜，常從科學和理性的角度去分析每宗匪夷所思的案件，一來擴大霍斯和讀者的認知層面，不至於一面倒的傾向神祕主義，二來當丹娜的科學理論也解釋不來時，更加重故事的懸疑氣氛。

《X檔案》和《衛斯理》都是娛樂性極高的小說，擁有大量讀者。人們常根據不同的標準，去將小說分類，故有嚴肅、通俗、普及、流行、言情、武俠、科幻等一大堆「標籤」，倪匡說小說只有兩類，好看的和不好看的，若根據倪匡這個標準，《X檔案》和《衛斯理》都屬好看的小說。

武俠小說、馬經和《邊城》之間有什麼關係？

我想了很久，也想不到答案，於是跑去找阿 Wing 幫忙。看過問題後，阿 Wing 啜一口維他奶，托一下眼鏡，然後用嚴肅肯定的語氣說：「答案是──（好緊張呀）──它們都是用中文寫的。」嘩！好一個有見地的答案。可能，這是惟一的答案。

3

談《邊城》的美

我有一位當跌打醫生的朋友，自幼長於元朗鄉間，熟悉各種農村風物。他一向的閱讀對象不離武俠小說和馬經。有一天，他對我說想轉換一下閱讀的口味，於是我從書架上選了三本小說借給他，沈從文的《邊城》便是其中之一。隔了一星期，他把書還給我，說《邊城》最好看，寫得很美。之後，他每過一段日子，便來我處借書，每次都必借《邊城》，直至現在，還是這樣。

我初讀《邊城》時，還是個中四學生，事隔多年，印象早已模糊。由於他對這書如此着迷，遂引起我的興趣，於某個秋夜，我坐在窗前挑燈重讀。

窗外是一片蟲鳴。

翻開《邊城》，一幅清幽的農村水墨畫即呈現眼前，看——

小溪流下去，繞山岨流，約三里便匯入茶峒大河，人若過溪越小山走去，則只一里路就到了茶峒城邊。溪流如弓背，山路如弓弦，故遠近有了小小差異。小溪寬約廿丈，河牀為大石頭作成。靜靜的河水即或一篙不能落低，卻依然清澈透明，河中游魚來去皆可以計數。

寥寥幾筆，已勾出了農村的恬靜雅淡，而且，脫離了白紙黑字的平面框框，給人一種立體美，生動而傳神，讀者彷彿也到了溪邊，聽那些流水，數那些游魚。

《邊城》不僅景美，人也美。書中的女主角翠翠「在風日裏長養着，把皮膚變得黑黑的，觸目為青山綠水，故眸子清明如水晶。」至於為翠翠的美而傾倒的一雙兄弟，皆「結實如小公牛，能駕船，能泅水，能走長路。」年長的天保豪放豁達，不拘小節；年幼的儺送沉默寡言，為人聰明而富於感情。還有，翠翠那位七十多歲的祖父「年紀雖那麼老了，骨頭硬硬的」，不管風吹日曬，天天用一雙粗壯的手牽拉渡船。他們的美彷彿是大自然的一部分，不需施朱，不必敷粉，自有一份天然的美態。他們日出而作，日入而息，與自然融成一體。平靜的生活與有規律的勞動，不但鍛煉出人們健美的身體，健康的膚色和輕捷的身手；還培養出開朗的情性，與善良的品格。無論翠翠、老船夫的拉渡船、天保、儺送的泅水捉鴨子，每個動作都優美無瑕，渾然天成，絕無矯情造作。

《邊城》所記的地方是湘西的茶峒，沈從文也是湘西人，1902年生於湖南省鳳凰縣的一個農家。他既是農人，也是軍人，早年曾從軍，隨各個不同的部隊散居於湖南、四川、貴州各地。夏志清記他這時期的經歷時説：

在這一段混迹江湖的日子中（沈從文是湘西沅水上下流船隻的常客），沈從文結交了各色各樣的人物，如軍官、土匪、私娼和舟子。因此小小年紀，他就已接觸過成人世界裏情慾、墮落與英雄色彩的一面。在這許多他經歷過的事件中，有些看來非常醜惡的，但換了另一種眼光看，卻是人類精神一種美的表現。（《中國現代小説史》，頁212）

的確，在很多人眼中，農村生活是野蠻與落後的，尤是湘西一帶，由於交通蔽塞，丘陵起伏，加上自古以來的傳説，常被人誤認為一神祕的蠻荒異域。沈從文既生於斯，長於斯，自然另有一番感受，他清楚當地的民風本來就是樸實、勤勞、和平與正直。故此在他描寫茶峒的美人、美景時，也把這些美好的民風加了進去。這正是「移情作用」的效果。

所謂「移情作用」，朱光潛這樣闡釋：「在聚精會神的觀照中，我的情趣和物的情趣往復回流。有時物的情趣隨我的情趣而定。」(《文藝心理學》，頁 41）於是，一些醜惡的、無意識的事物，都懷着沈從文的真趣。例如，妓女本是一種卑賤的人，然而在沈從文筆下，茶峒的妓女「也永遠那麼渾厚」，她們「多靠四川商人維持生活，但恩情所結，卻在水手方面。感情好的，別離時互相咬着嘴唇咬着頸脖發了誓，約好了分手後各人皆不許胡鬧」，給人的印象，一點也不覺下流可恥。又如，翠翠那條黃狗也熱心工作，當翠翠接客人過渡時，牠「口銜繩子，最先一躍而上。且儼然懂得如何方為盡職似的，把船緊銜着拖船攏岸」。總之，茶峒的人、物都成了重義輕利，樸實勤勞的典型。

這種淳風美俗，也是一直存在於農村生活的自然美，這種美對於「在都市中生長、受教育的讀書人説來，似乎相去太遠了」(《邊城．題記》)，所以讀沈從文《邊城》的讀者應該是一些「本身已離開學校、或始終就無從接近學校，還認識些中國文字，置身於文學理論、文學批評，以及說謊造謠消息所達不到那種職務上」的人。而我那位在元朗鄉間長大的朋友，正是沈從文所期望那類讀者。當元朗還未有「輕鐵」行駛，還盛產絲苗與烏頭魚的時候，我的朋友日間在田裏放牛，塘邊垂釣，晚間在瓜棚下偷喝長輩的米酒。這些生活，不正是茶峒的生活嗎？當我的朋友閱讀《邊城》時，也因為「移情作用」，把兒時的經驗與情趣，代入故事中，故《邊城》令他着迷，一看再看，依然趣味盎然。

文法和文采，哪一樣重要？

這是一個富爭議性的問題，不管我説那個較重要，都會遭人指責。為安全計，我選擇一個滑頭的答案——兩者同樣重要。請別「噓」我，其實，在文采和文法之間，我是存着一點偏頗的。想知道嗎？快讀《從一個名字説起》吧！

4 從一個名字說起

鍾曉陽這個名字，使人想到早熟的奇才，充滿詩情的少女，也可以想到一篇出色的散文，一本感人的小說。然而，在鍾曉陽筆下，這個名字會有這意思：

姓我的姓，名我的名
鍾你情愫，曉你意思
陽關你的長亭短亭
——〈出門〉

陽關、長亭、短亭都是送別的地方。王維詩云：「勸君更進一杯酒，西出陽關無故人」。李白〈菩薩蠻〉有「何處是歸程，長亭更短亭」之句。鍾詩名為〈出門〉，出門少不了相送，句中雖無送別語，卻連引三處送別地，別離之情已盎然。從詩意來看，「鍾」、「曉」均用作動詞，「陽關」這地理名詞，自然也當視作動詞使用。從語法上看，似有所不合，但在寫詩人與賞詩人眼中，無事不可為。

中國文字具有方形、單音、隻義的特性，乃別國文字所無的。「義」的功用，傳統術語分之為虛、活、實三大類，即形容詞、動詞和名詞。中國的詩人多不受此規範所限，在遣詞用字上，往往別出心裁，以有限的文字表現無限的意境。其實，把名詞作動詞用這方法，自古已有，例如崔顥「河山北枕秦關險，驛樹西連漢畤平」；王勃「襟三江而帶五湖」，其中「枕」是枕頭，「襟」是衣襟，「帶」是衣帶，同是實字，現作活字用，正是筆力所到，自成創格。詩無古今，其法如一。古人用之覺妙，鍾曉陽用之亦妙，余光中用之更妙，看：

侏儒了西域的使臣
〈多峰駝上〉
用凝視饕餮一萬零一次的祖國
——〈大武山〉

「侏儒」是人，「饕餮」是獸，同是名詞，作動詞用，令詩句更富表現力。

寫文章貴老實而忌纖巧，寫詩卻是貴纖巧而忌老實，愈纖則愈密，愈巧則愈精，聞所未聞的巧句奇詞，令人在驚奇之餘，還能開拓視野，眉揚目展。在古代文學家當中，用字大膽尖新的，首推王安石「春風又綠江南岸」。王安石變法維新的果敢作風，用於文學上，同樣富於創造力，「綠」本虛字，現作活字用，令全詩生色不少。另外，黃山谷「風亂竹枝垂地影，霜乾桐樹落階聲」；王維「泉聲咽危石，日色冷青松」；黃仲則「千載後誰傳好句，十年來總淡名心」，其中「亂」、「乾」、「冷」、「淡」等都是虛字作活字用，所造出的效果，恰是沈德潛所謂「平字見奇，常字見險，陳字見新，樸字見色」。字詞一旦改變慣常的用法，雖不合語法，卻令詩句靈活飛動，生姿添色。

古人以虛字或實字作活字用，固然難能可貴。余光中以實字作虛字用，更是驚人耳目，他初上大度山時，寫了：

還是雲很天鵝，女孩子們很孔雀
還是雲很瀟灑，女孩子們很四月
——〈大度山〉

「天鵝」、「孔雀」、「四月」等都是名詞作形容詞使用，取意尖新，出人意料。他再上大度山時，又寫了：

撥開你長睫上重重的夜
就發現神話很守時
星空，非常希臘
——〈重上大度山〉

其中，「希臘」一詞的用法，自然惹來不少非議，但余光中仍堅持，他説：

如此表現，有其必要性，因為無論將末行改成「星空，非常希臘化」，「星空，非常希臘的星空」，都不美好，也不是作者的原意。（《掌上雨》，頁82）

余光中每次上大度山，都為讀者帶來一番驚喜，大有杜甫「語不驚人死不休」、「清詞佳句本為鄰」的風範。

古云：「大匠可予人以規矩，不能予人以巧。」遣詞用字的法則，本來是從無數常例中歸納而來的，只有相對性，而不是絕對。不同的文體自有不同的語言本色，詩、散文、小說、戲劇等各有分別，何況詩在文學藝術中具有超然的地位。就連善寫小說，不善寫詩的沈從文也認為「應當把詩放在第一位，小說放在末一位」(《沈從文文集》，第十二卷，頁126)。所以詩實不應受外加的法則所限制。可惜，某些如沈從文在《邊城．題記》所說：「大凡念了三五本關於文學批評問題的洋裝書籍，或同時還念過一大堆古典與近代世界名作」的人，偏偏不能容納他們「博學」以外的事物，硬要把他們認同的語法加諸詩身上。在這裏，我想請那些專講語法的博學之士，看看鄭愁予這幾句詩：

少年圍圍坐
○
瑪瑙煙做1
順○邊
過傳
——〈煙後懷友〉

請問句中的「○」和「1」應規範於哪一條語法呢？

法是死的，人是活的。袁枚說得好：「不依古法但橫行，自有雲雷繞膝生。」寫詩本該如此，只要妥善處理，一個名字，一個符號，都會是一首絕妙好詩，又何必拘泥於語法，而扼殺詩的生命呢！

是否只有成功人物的生平才有出版傳記的價值？

對於成功人士的生平和他們成功的祕訣，許多讀者都有興趣知道，若為他們出版傳記，銷路自然可觀。另一方面，一個平凡的母親把兒女養育成人，教曉他們明辨是非；她的劬勞、經驗和心得，一樣很有價值。然而，有多少人會買她的傳記呢？這問題就留給出版社考慮吧！

5 天生我才——

讀《我的兒子馬友友》與《汪洋中的一條船》

在慶祝香港回歸祖國的各項節目中，最吸引我的，是譚盾、馬友友、張學友及樂團合演的《天地人》，尤其是馬友友在拉琴時，他那副比煙花還要燦爛的笑容，令人難忘。想起圖書館剛買了一本《我的兒子馬友友》，遂連忙找來讀一遍。

馬友友的母親盧雅文寫《我的兒子馬友友》的目的是：

希望其他年輕人讀了這本書以後，會受到激勵。年輕人和愛護自己的人一起奮力向前，會發覺生命是艱苦的奮鬥，而痛苦是成長過程的一部分。（頁139）

書中記述了蜚聲國際的大提琴大師馬友友十七歲前的生平事蹟。馬友友在1955年生於巴黎，自小便有「音樂神童」之稱。他三歲開始學拉大提琴，能拉出整首巴哈的作品；五歲登台演出，技驚四座；七歲獲邀參加「美國藝壇大展」，在美國總統面前表演；九歲跟世界級的大提琴家倫納德・羅斯（Leonard Rose）學藝；十五歲進入茱莉亞音樂學院；十七歲在哈佛大學攻讀人類學。之後，馬友友的音樂事業平步青雲，1978年獲選為阿佛利・菲舍獎（Avery Fisher Prize）的惟一得獎人，經常以客席演奏家的身分與著名的樂團同台獻技。

表面上，馬友友的人生似乎一帆風順，他擁有得天獨厚的音樂才華，加上父母和師長的悉心栽培，要成為一流的音樂家實乃理所當然。

那麼，究竟盧雅文所指的「艱苦」和「痛苦」是什麼？

也許是馬友友出生那年，適值巴黎有史以來最寒冷的冬季，他的父親當時只是大學的研究生，津貼微薄，馬友友睡在沒有暖氣的房間內，幾乎被凍死；也許是在馬友友的童年生活裏，為避免影響拉琴，他不得不放棄一些會使手指受傷的玩意，例如釣魚；也許是他的反叛性格，導致他曾使用假身分證隨朋友去飲酒，錯過了排練，更被送進醫院裏洗胃。

這些經歷看似尋常平凡，加上馬友友臉上永遠掛着開朗的笑容，容易給人一個印象：他是活在幸福裏的人。

然而，在馬友友的笑容背後，在他的心靈深處，有沒有隱藏着不愉快？答案是有。馬友友常將不愉快的一面留給自己，他說：

從來不會有一帆風順的人生，即使是最幸運的人也會面對生老病死，親愛的人會離去，成長伴隨痛苦。（《中月刊》，1997年，第九期，頁21）

總沒有永遠快樂、永遠順利的人生，在這方面，馬友友與母親的觀點是一致的。

談到艱苦、痛苦的人生，筆者不禁想起《汪洋中的一條船》裏的鄭豐喜。

鄭豐喜是個天生的畸形兒，他的右腳自膝蓋以下，前後左右彎曲，左腳則自膝蓋以下全部萎縮，足板翹上。他永不能如常人般直立行走，只靠雙手在地上爬行。

由於家境窮困，父母無知，少年時候的鄭豐喜嘗過不少苦頭，然而，這些苦頭卻鍛煉出他堅毅的自信和強健的體魄，好像撿田螺、掘地瓜、挑水、撿乾柴、燒飯、上學、飼養雞鴨等工作，他都可以用爬來完成。

為支持兒子升學，鄭豐喜的母親不惜節衣縮食、變賣禽畜、向人乞貸；而鄭豐喜則在課餘當小販、做擦鞋童、代人批改作業、看舊書攤，以求賺取學費。沒錢的日子，他依照母親所教的方法——先吃鹽巴，等口渴才喝白開水，去對付飢餓。鄭豐喜就是這樣度過他的大學生涯。

我無意將馬友友與鄭豐喜作任何比較，這樣做，對誰都不公平。

人的出生、出生時的健康、家庭背景、才智等先天性因素，均非人力所能控制，而且對痛苦的承受能力和尋求快樂的方法，亦因人而異。例如三歲的馬友友會因爸爸給他一個大提琴而高興，而三歲的鄭豐喜會為拾得一個野果充飢而滿足；又例如，若同是指頭受傷，對馬友友來說，就等於毀掉他的音樂生命，而在鄭豐喜眼中，這僅是個微不足道的小創傷。

所以，在讀二人的傳記時，我着眼於他們的後天訓練和努力，誠如盧雅文引別人的話「天才是訓練出來的」（頁 126），馬友友的成功實賴得到父親有計劃、有系統的培育，同時年幼的馬友友亦能堅持艱苦的練習。試想一個幾歲大的孩子，長年累月地過着規律性的訓練生活，以換取音樂造詣上的點滴進步，少一點毅力也不行。由此可見，他今天的成就得來不易。

同樣，鄭豐喜能夠取得他的大學學位，除得力於幾位良師益友外，他對求學的熱忱，以及永不言敗、永不放棄的精神，正是他成功的主因。他說：「跌倒了，爬起來，彈去污泥帶着微笑，仍然繼續前進。」這份達觀與積極，就連許多四肢健全的人也欠缺。

鄭豐喜的妻子最能欣賞丈夫的優點，她對丈夫說：「我雖然有健全的身體，但卻沒有去發揮它們的功用，有等於沒有，與你比較之下，我們的『健全』是多餘的，是浪費的。」這番話實在值得我們反省和深思。

人生是短暫的，而且充滿挑戰與痛苦。成功的人物能在這短暫的人生裏，發揮自己的天賦才能，勝過挑戰，克服痛苦，讓生命放出異采。成功的人物傳記能將人生的精華片段、感人的奮鬥歷程，呈現讀者眼前，讓讀者得到激勵和鼓舞。馬友友和鄭豐喜的人生，以及他們的傳記都是最佳的例子。

我們需要童話多一些，還是需要反映現實的作品多些？

這又是一個不易回答的問題。童話陪伴兒童成長，啟發他們的思考，鼓勵他們追求美好；反映現實的作品，令我們更了解身處的環境，從而探討如何改善我們的生活。至於需要何者多一些？我會從供求和調節兩方面考慮。供求方面，很簡單，如果童話的讀者較多，出版社便順理成章出版多些童話；調節則恰巧相反，若我們的社會太現實、太功利，那麼讓大家多讀一些純真、浪漫的童話故事，多少也能沖淡一下功利的氣氛。

6 現實與童話間的道路——

比較《幹校六記》與《四十四次日落》

有一天，我遇到一位曾在圖書館做義工的年輕人，談到他最近看鍾偉民的《四十四次日落》，深受書中童話式的浪漫感動。我問他可曾讀過鍾偉民的《捕鯨之旅》，他答沒有，於是，我們約好，我借《捕鯨之旅》給他，他把《四十四次日落》借給我。

《四十四次日落》是本薄薄的小書，下班後，我在車上看，相信到家前便可把它讀完。

一路讀下去，腦海中，模模糊糊的，浮現出另一本小書，心裏很是奇怪。讀到玫瑰尋着小王子的一章時，小王子因流落地球——人的青春會消逝的星球——而日漸老大，玫瑰端詳小王子，説：

你長大了，也長高了；而且，樣子是那樣的不同；只是，不知怎的，我看一眼就認出是你……（頁 102）

我腦海中的小書猛然清晰起來，是《幹校六記》。我暗罵自己糊塗，《四十四次日落》是一本後現代童話，而錢鍾書的妻子楊絳藉《幹校六記》記述老夫婦在文革期間下放幹校勞動的經過，本是風馬牛不相及，怎能混為一談！可是，愈讀下去，《幹校六記》的印象愈強烈。

回家後，我連忙從書架上找出《幹校六記》來翻閱。錢鍾書是在 1969 年 11 月 17 日下放到幹校，而楊絳則在 1970 年 7 月 12 日動身。我仔細地讀，讀到他們分開大半年後，首次重逢時，楊絳記道：

幹校的默存（即錢鍾書）又黑又瘦，簡直換了個樣兒，奇怪的是我還一見就認識。（頁 12）

人的外貌會因歲月、苦難而改變，然而，心靈深處卻有一種永恆不變的素質——愛。愛的力量十分奇妙，除了一眼就認出愛人外，更促使人做出一些近似瘋傻、荒唐，卻又感人的行徑。錢氏夫婦雖下放同一所幹校，但分別居於不同的宿舍，二人常常走一段路，互相看望，或交談片刻，或隔河問候，就連下雨的晚上也一樣。試看楊絳的遭遇：

雨鞋愈走愈重；走一段路，得停下用拐杖把鞋上沾的爛泥撥掉。雨鞋雖是高統，一路上的爛泥粘得變成『膠力士』，爭着為我脫靴；好幾次我險的把雨鞋留在泥裏……（頁 49）

我回到那裏，伸過手杖去扎那個小島，泥土很結實。我把手杖扎得深深地，攀着杖跳上小島，又如法跳到對岸……（頁 50）

走了一回，忽一腳踩個空，栽在溝裏，嚇了我一大跳……（頁 54）

那時候，楊絳虛齡六十。試想一個老太婆為要「看看」丈夫，在河邊的泥地裏跳來跳去，實在癡得有點滑稽。六十歲的老夫婦應該兒孫滿堂，安享晚年，竟要如此狼狽，才得見一面，細想之下，不禁教人心酸。

同樣是尋找愛人，鍾偉民筆下的玫瑰卻幸福、寫意得多了。她坐着氣球在沙漠上空飛翔，腳不沾塵的，直達小王子的城堡。畢竟，活在童話世界裏的美麗姑娘所得到的待遇，比現實生活裏的老太婆優厚千萬倍，難道現實真是殘酷的嗎？

若認真地讀《幹校六記》，不難發現另一個現實的問題——吃。人不吃便不能生存，這是人的基本需要。《幹校六記》共六十八頁，記載吃的有二十次之多，平均每隔三頁便吃一頓，是贅述了麼？斷然不是，楊絳反覆地記吃，正好突出當日食物不足的苦況。例如她看見一個老大娘帶女兒去拾人家收割後遺在菜畦裏的「老菜幫子」，便問她們如何烹調那些又乾又老的「菜幫子」。小姑娘答：

先煮一鍋水，揉碎了菜葉撒下，把麪糊倒下去，一攪，可好吃哩！（頁 29）

真的好吃麼？連楊絳也懷疑。如果《四十四次日落》裏的小王子請藍蝴蝶吃「豐富的食物」時，也預這位小姑娘一份，她一定不會再認為「老菜幫子」好吃。

小王子與藍蝴蝶的一頓飯，是《四十四次日落》中惟一記吃之處，其餘人物，包括玫瑰在郵筒旁等待郵差四十四晝夜，亦未見任何進食或喝水的情節。也許，童話世界裏的人物不需要吃；也許，吃是一件不值得浪費筆墨的尋常事。只有在冷稀飯、泥塊糖、乾饅頭、老菜幫子、白薯等也被視為美食的日子裏，作者才會鄭重地把「吃」記下來。

今天，回看那段日子，錢鍾書「慚愧自己是懦怯鬼，覺得這裏面有冤屈，都沒有膽氣出頭抗議。」（頁 2）錢氏夫婦、俞平伯夫婦、何其芳等知識分子在幹校裏的往事，都記在書內。他們不是在做學問、搞研究，而是勞動、接受「工人師父」再教育。他們的經歷與《四十四次日落》裏的鉛筆、鋼筆、原子筆、毛筆因被指過時、落伍而遭棄置坑穴、不是有點相似嗎？其實錢鍾書不必慚愧，那時候，他面對的是一班專門剝削、壓榨、擺架子、以權謀私的「領導」。玫瑰有勇氣去斥責那弄權的交通燈，小王子有力氣去抓石頭砸那橫蠻的吸塵機，而錢鍾書，一介老弱書生，勇氣與力氣都欠缺，如何對抗呢！

在《四十四次日落》裏有兩位令人難忘的「公職人員」——郵筒和郵差。郵筒站在風沙撲面的沙漠上待人來投寄信件，玫瑰急於看小王子給她的信，請求郵筒在郵差來收信前，把信先交給她。郵筒不答允，他說得好：

倘若我不能在時限之內保護這些函件，就沒有人會再來寄信了……郵筒不守規矩，就不會被尊重。你想想看，如果我什麼時候都可以敞開胸懷，任人揀走他們想要的東西；或者不謹守崗位，像獵人一樣隨便到樹林裏走動，那會是什麼樣的情況？（頁 8）

即使玫瑰提出為郵筒嘴巴上加一塊擋沙的布作為交換信件的條件，郵筒還是不為所動。至於那位快要退休的郵差，雖三十年來只收信一趟，他依然準時到達。不貪污、不受賄、堅持原則、盡責守時，郵筒和郵差可說是公職人員的典範。反觀整本《幹校六記》，這類人物連一個也沒有，是楊絳未曾遇上？抑或根本就沒有？如果有，錢氏夫婦還會捱下放勞動之苦嗎？

寫童話至少有個好處，作者可以自訂一套生活邏輯和自然規律，現實世界充滿種種缺陷，童話作家透過一枝妙筆，把人生加以美化，或者另開一條奇異的出路。玫瑰和小王子不甘在地球上面對年老和死亡，遂飲下黃蛇毒液，提早結束他們在地球上的生命。他們的盼望是重返 B-612 行星。但在現實生活卻不可能輕易跑到另一個世界，結束生命也絕非解決問題的良方，能熬下去的，會繼續熬，像錢氏夫婦，最終渡過困境，離開幹校，返回北京；然而，當日不少人像他們的女婿得一，不堪工宣隊的批鬥，熬不住，走上自殺之路，實在可惜。

理想的人生莫過於介乎現實與童話之間。當人每天腳踏實地面對生活上的挑戰時，能另闢道徑，讓身體、心靈享受一下童話式浪漫，是一種恰當的平衡、舒緩。不知我那位年輕朋友讀完《四十四次日落》和《捕鯨之旅》後，有沒有興趣看《幹校六記》呢？

為什麼文學作品會分開「別類」和「主流」？

主流文學是多數人愛看和常寫的作品類型，這與時代背景及人的喜好有關。例如詩詞在唐宋是主流文學，到今天則成為非主流。正如流行音樂一樣，在六十年代，「貓王」歌曲瘋魔香港的少男少女；現在，説起「貓王」，大家可能覺得落伍過時。説回文學，我們不能以讀者人數多寡去評定作品的水平，「主流」也好，「別類」也好，只有質素高的，才是佳作。

7 小說的別類品種——
《夢想的開信刀》

可有想過讀一些別類小說？

陳德錦的《夢想的開信刀》沒有令我失望，相信也不會令你失望。在這本小說集裏，我最喜歡一篇叫〈王府街的老鼠〉的小小說。故事中的「我」從體能、性情、活動範圍三方面，去觀察王府街老鼠的飲食習慣。筆者將他一個月後得出的結果，撮成下表：

	體能	性情	活動範圍
A組老鼠 接受西方飲食習慣，例如吃漢堡包。	體重增加、高熱能、破壞力強、生殖力高	有誇張、炫耀的傾向，煩躁、緊張	麥氏快餐店
B組老鼠 維持傳統飲食習慣，例如吃餃子、烤鴨。	排便增加	部分神情呆滯、缺乏生氣	無變化

作者以這篇小小說，反映中國改革開放後人民面對生活和文化上的衝擊。有人對新事物抱懷疑態度，堅持傳統；有人追求西方式生活，認為是開明進步。當中的過激分子更互相排斥，造成社會上的分化。中西文化各具優劣，一味盲目崇洋，或者抱殘守缺，均是無益，好像Ａ組老鼠因長期吃西式快餐，導致血管栓塞，Ｂ組老鼠則因過分食用麻油而嚴重腹瀉。所以，在求新求變之前，應先作深入全面的考慮，捨短取長，不可貪多冒進，也不可一成不變，社會才會健康地進步。

〈王府街的老鼠〉的篇幅雖短，寓意卻深刻，陳德錦更以輕鬆的手法、幽默的素材去處理嚴肅的題材，不露半點說教痕迹，實在是佳作。

除了小小說外，《夢想的開信刀》還收錄作者的鄉土小說、成長小說、抒情小說和神話小說等共十五篇，都是不常讀到的小說品種。我借用觀察王府街老鼠的重點，各引一例，將集子裏的五類小說加以比較如下：

	體能	性情	活動範圍
小小說《夢想的開信刀》	篇幅較小，小巧玲瓏，實驗性強，運用「以物擬人」寫法，藉開信刀的自述，寫出女主角遭上司性騷擾，以及遇人不淑，被男友拋棄的經歷。	對用情不專及恃權玩弄女性者加以諷謔。	某機構的辦公室，放諸四海皆準。
鄉土小說《蓮花出水》	香港出生的城市人回鄉祭祖，鄉情由無而有，由淡而濃。小說以具體的鄉土風物、習俗和語言作素材。	抒發人與地土間若即若離的情感。	竹里坪
成長小說《失蹤》	以失蹤少女剩下在家中的物件，襯托出少女可憐的身世，帶領讀者去思想社會中遭人忽略的青少年。	黯淡、落寞，惹人同情。	陋巷木屋
抒情小說《對於天空的敏感症》	描寫人曲折多變的情緒。外界景物和人的內心世界往還觀照，情景交融。加插詩化片段。	刻畫人對家庭、事業、愛情、生命的感覺。	香港：離島、林村 澳門：黑沙灣

	體能	性情	活動範圍
神話小說《鳥》	為「精衛填海」的神話故事加進新元素：戰場上的爾虞我詐、年輕女子對愛情的渴求和幻想。	以寫歷史的筆法，平實地述說炎帝的衰亡。	東海（遠古的國度）

陳德錦是位長期從事文學創作及探索香港文學發展的作家，他的作品以詩、散文和評論為主，小說可算是他的另類嘗試。

這十五篇短篇小說都具備了優秀小說的條件：跌宕的情節、真摯的感情、富動感的文字、具深度的內容；更難得的是，他把傳統和通俗以外的小說品種作出示範，拓闊讀者的眼界。

陳德錦在《夢想的開信刀》的序言中提到，小說技巧推陳出新，是為了更有效地去把握真實。我再想起王府街上的老鼠。在這急速變化的時代裏，舊的表現手法還可以掌握現實的人生嗎？書架上，神情呆滯、缺乏生氣的小說多的是，然而，誇張、炫耀、嘩眾取寵的卻又不少。怎樣才是適度的平衡？「我」的態度值得參考。當「我」經過麥氏快餐店門前，聞到包香撲鼻，看見裏面坐滿了人，小孩子吃得樂不可支，於是也隨着「人龍」去輪候食物，心中想：「我，又不是貪得無厭的老鼠，怕什麼？」寫小說的朋友，你們願意放膽嘗試嗎？

走進玫瑰領域

書本是不是商品？

首先要看看「商品」的定義，某中文辭典説「商品」是：「為了在市場上出售而生產的產品，也泛指市場上買賣的物品。」那麼，在香港這個商業社會裏，書本很難避免不是商品了。就以本書為例，你在書局中付錢把它買下來，出版社跟書局分帳後，再給我版税，大家各賺應得的一份。在這種關係下，你説書本算不算是商品？當然，每本書的背後，依然隱含着它的文化使命。我仍然希望讀者在看完書後，得到一些金錢買不到的好處。噢，差點忘了向你致謝：「謝謝你的光顧。」

8 從葉小嵐看愛情小說

公式化的情節、脫離現實的愛情幻想、膚淺瑣碎的內容、灰色病態的人生觀、狹窄的視野等等，都是愛情小說一直以來遭人詬病的地方，可是，樂意寫和喜歡看愛情小說的人卻歷久不衰。我在公共圖書館裏工作，根據平日觀察及數字統計，借閱愛情小說的人次實在驚人，不論作者是名家或新秀，不管是剛上架的新書或快要被註銷的破爛小說，只要是愛情小說，便有人借閱，更有人預訂。當然，讀者的多寡與小說的質素是兩回事，我無意在此討論雅俗、高下的問題。然而，看見純文學小說常遭冷落於書架上，便勾起我的興趣，去研究一下這些愛情小說。

我選了葉小嵐的作品來討論，因為：

(1) 她是二十世紀九十年代冒起的年輕作家中，知名度較高的一位；

(2) 她的作品銷量高，據說已逾五十萬冊；

(3) 她的作品多，在公共圖書館裏，她的小説就有八十五種。

跟其他愛情小説的作者一樣，葉小嵐的讀者以女性為主，包括女學生、年輕的上班族和家庭主婦。在台灣，為葉小嵐出書的出版社有希代和禾馬文化(禾馬文化是由一羣希代的前僱員自立門戶而成的)，兩家出版社的經營方法很接近：重視銷售與包裝。林芳玫在《解讀瓊瑤愛情王國》書中指出，希代先劃定它的銷售對象，再根據這些人的喜好來企劃產品，希代的讀者羣是「一羣年輕活潑，既有青春朝氣，又有智慧才華的女孩，而其作者羣就是這種理想形象的化身。」(頁 198) 愛情小説的讀者也可能成為作者，所以，禾馬文化在葉小嵐的小説內刊登這樣的徵稿廣告：

親愛的朋友，您想成為葉小嵐的工作夥伴嗎？發揮您的想像空間，將您對愛情的憧憬用浪漫的文字，建築一個纏綿、悱惻愛的世界，讓您也成為一個小説家。

當產品的生產者與消費者互相契合時(請恕我不用作品、作者、讀者等詞語)，銷量便得到保證。於是，希代和禾馬文化從台灣的大小校園內，發掘了不少具潛質的作者，除葉小嵐外，還有梅小遜、舒小璨、藍雁沙、璐詩婷、葆琳、齊宣、林芷薇、尹晨伊等，儘管他／她們的小說內容相似，格調相近，讀者仍然愛看。

另外，在書本的包裝方面，出版社亦下過一番心思，小說封面設計得浪漫非常：一個秀逸、美麗的少女繪像，長髮披肩，眉目含情，襯托着如詩如夢的圖案。有時還附印作者的沙龍照片，單單是封面已相當吸引。

幫助葉小嵐登陸香港的出版社是博益，為使葉小嵐的小說香港化，博益至少作出三方面安排：

(1) 把小說印製成本港流行的袋裝書；

(2) 把書名改得本地化一點（參閱附表一，頁 76）；

(3) 把書中的台灣名詞改為香港名詞（參閱附表二，頁 77）。

葉小嵐的小說側重於男女感情的刻畫，故事的歷史背景、社會文化、時代感覺等元素十分單薄。如果將「香港」改作「廣州」，將「太平山」改作「越秀山」，一樣可以瞞天過海，成為一個發生在廣州的愛情故事。不過，這種改動，並非萬試萬靈，畢竟葉小嵐長於台灣，字裏行間多少流露出屬於台灣的意識形態，我們可從香港版的《甜蜜風暴》中，找到些蛛絲馬迹：

對那種有「色」的理髮中心沒有興趣，他只想剪頭髮，並不想要性，所以挑了家明亮、高級、看起來格調不俗的髮廊……（頁 29）

——不比台北，色情理髮中心在香港並不流行。

「我不知道香港的這些生意人是怎麼想的，他們只會請我吃最貴又最不切實際的日式料理、牛排那些的，讓我吃到快反胃。」齊南笑着解釋。「我等這一頓已經很久了啊……」

「看來還是我了解你！」她似真似假的表情。「本來我想請你吃牛肉麵。」（頁 37）

——如果是地道的香港人，應該習慣吃雲吞麪、牛腩米或魚蛋河，而非台灣牛肉麪。

這些都是葉小嵐小說在「本地化」過程中出現的瑕疵。

若談論台灣的愛情小說，就不能不提瓊瑤。瓊瑤和她的小說在台灣家傳戶曉，同時亦一度備受爭議。

瓊瑤在1963年出版《窗外》後，即大受歡迎，說不定，葉小嵐在念書時，曾是瓊瑤的讀者呢。李敖在1965年發表長文〈沒有窗，哪有窗外〉，對瓊瑤大事攻伐。李敖把「擁擠在文壇暗室裏的各路人馬」分為十派，其中之一是「新閨秀派」，以《窗外》為代表作品。他批評《窗外》對年輕人帶來四種誤導：（1）師生戀大逆不道；（2）盲目聽命於家長就是盡孝；（3）「泛處女主義」作祟，把靈與慾分家，性便是不道德；（4）軟弱和蒼白的小說世界，間接鼓吹自殺、自毀。最後，李敖提議瓊瑤不要再用「媚世」的寫作來取得讀者的共鳴，應該走出花前月下的小世界，去寫煤礦中的苦工、冤獄中的死囚、整年沒有牀睡的三輪車夫，和整年睡在牀上，要動手術才能接客的小雛妓。李敖的長文掀起連番筆戰，有人附和，有人反駁，討論的範圍愈扯愈遠，後來竟發展為反傳統、反父權的文化論爭。

撇開那些李敖所認為的「官方」和「私方」的夾擊不談，單看瓊瑤的回應，已挺有意思。瓊瑤說：

李敖叫我去多發掘有關妓女、礦工、死囚一類的題材，這些問題，都是我生活環境範圍裏不可能的題材，尤其是我認為中國的司法，是不會有冤獄的死囚……在我沒有看到李敖那篇文章以前，我還不知道當妓女是要先開刀的……這些題材，最好還是留給李敖自己去寫吧。(《窗與窗外》，頁107)

這些題材的小說，李敖和瓊瑤都沒有寫，葉小嵐亦沒有寫。

有位葉小嵐的讀者，她也是圖書館的常客，跟筆者說：「女人為什麼要關心政治、社會？這不是你們男人的事麼？」大概，這是愛情小說迷的心聲吧。不管旁人如何批評，她們還是愛讀這種感傷情濫，矯揉造作，白日夢式的故事。由此可見，讀者和論者看書的角度有時並不一致。

愛情小說總給人一種公式化的感覺，瓊瑤和葉小嵐的也不例外。以下是其中一種常見的故事模式：

邂逅 ▶ 追求 ▶ 衝突 ▶ 妥協 ▶ 結局

故事由男女主角以一見鍾情的邂逅展開，接着是一段瘋狂式或漸進式的追求，箇中男女雙方的內心忐忑，朝思暮想，以及各種暗示和試探的言行，均為吸引讀者的重要元素。為求令小說增添矛盾與波折，來自家長的壓力或第三者的介入是必然的衝突。男女主角多因衝突而暫時分開，成為小說的跌宕部分，但最終總會達成妥協。這妥協可能是諒解、反抗、意外、發瘋、自殺、第三者退出，至於結局的悲或喜，則視妥協的形式而定。

隨着時代的轉變，公式雖大同小異，但昔日「窗外式」的故事與今天的愛情小說相比，分別十分明顯。

首先，女主角已非柔情似水、楚楚可憐、多愁善感、不食人間煙火的弱質女流，而是獨立、自主、能幹、事業有成的時代女性。《窗外》裏江雁容的遭遇——在母親的壓力下，甘願「撕碎我的心」來做孝順女兒，與男友分手，並答允一段經父母撮合的婚姻——在葉小嵐筆下，非但不會出現，而且父母的阻撓更變得軟弱無力。葉小嵐賦予小說裏的女主角一份為追求愛情，敢於拂逆父意的勇氣，像《沒有將來的愛戀》裏的謝勻宣，她與父親的仇人談戀愛、結婚，令素來專制的父親覺得「自己一家之主的地位已經動搖」。或者，葉小嵐會使頑固的父親突然開明起來，主動讓步，像《戀愛迷宮》裏的雍昭賢，他向為情苦惱的女兒說：

妳媽咪曾經很多次向我求情，不要阻擾你們交往，因為我們都了解，妳不輕易動情，妳對他是認真的。可是爸爸就是這麼自私、跋扈。你們都是聰明的孩子，也看得出爸爸如今是退出了戰場，才願意讓步求和。（頁 193）

在今天，婦解、女權、自由主義的聲音高唱入雲，板着臉孔的封建式家長已不合時宜了。愛情小說中的女主角的轉變，可說是順應潮流的時代產物。

其次，上文曾提及，李敖批評《窗外》是「泛處女主義」，以下是其中一個他舉的例子：

「不要，康南！」她掙扎着坐起來，把他的手指壓住自己的唇上，低聲說：「康南，這嘴唇已經有別的男孩子碰過了，你還要嗎？」（頁 247）

在二十世紀六十年代，社會風氣的保守程度是可想像的，像李敖這種思想前衛作風大膽的戰鬥格文人，實屬罕見，故不宜以李敖的尺度去衡量瓊瑤小說裏的道德取向。到了二十世紀九十年代，瓊瑤也比從前開放了，在《水雲間》裏，我們可讀到汪子璇主動與梅若鴻發生性關係並懷孕，杜芊芊在胸前刺一朵紅梅，自願作梅若鴻的人體模特兒等情節。至於葉小嵐，更沒有任何包袱了，像在《城市小野貓》裏，寶盈用身體誘惑阿彬，以及阿彬在化妝室裏與雅雪溫存等場面，她寫來流暢自然，毫不忸怩。

女孩子總對愛情和婚姻存着浪漫的憧憬，愛情小說雖然不是什麼指引、輔導，卻能暫時把她們帶進薔薇色的幻想裏，滿足心靈的需要。加上新一代的作者，和她們的思想、感覺、意念不斷地延續愛情小說的生命，所以，只要有女讀者，愛情小說仍會是圖書館內最多人借閱的書種之一。

附表一　部分葉小嵐小說的名稱

台灣版	香港版
《紫羅蘭與黃玫瑰》	《流星雨情話》
《情牽一生》	《溫柔陷阱》
《其實我懂你的心》	《痴情意外》
《眷戀你的溫柔》	《都會蜜語》
《繾綣三個世紀》	《隔世奇緣》
《多情呆頭鵝》	《偷心情聖》
《舊恨見新歡》	《甜蜜風暴》
《小迷糊與大情聖》	《緣分遊戲》
《愛情電腦方程式》	《網絡情迷》

附表二 《甜蜜風暴》與《舊恨見新歡》內容對照

《甜蜜風暴》	《舊恨見新歡》
這十幾個小時的旅程對齊南來說，也只能用「酷刑」來形容，特別他的目的地是香港。（頁7）	這十幾個小時的旅程對齊南來說，也只能用「酷刑」來形容，特別他的目的地是台灣。（頁7）
他耳聞香港的卡拉OK文化，非要見識一下不可，……（頁43）	他耳聞台灣的KTV文化，非要見識一下不可……（頁43）
「巴士很方便！」她沒有軟化。（頁57）	「公車很方便！」她沒有軟化。（頁58）
相反的，他把車開上了太平山，一路無語，……（頁187）	相反的，他把車開上了陽明山，一路無語……（頁187）
這位陳齊先生好像是聽不懂廣東話……（頁210）	這位陳齊先生好像聽不懂國語似的……（頁217）

創作應靠天馬行空的想像？還是以真實生活為根據？

萬事萬物總有內在的邏輯，創作亦一樣，不管用幻想還是寫實形式，作者在處理內容上，不能自相矛盾。舉一個例，若作者在小說的開端寫一個外星人的戰鬥力很強，刀槍不入，水火不侵，但後來在毫無交代下，同一個外星人被一顆小石子砸死，那就屬於犯駁，給讀者一種不真實、不合理的感覺，是創作上的大忌。

9 梁望峰有「請槍」嗎？

有次，跟十九歲的安迪談起梁望峰，談到某人說梁望峰請「槍手」代寫小說時，安迪顯得憤憤不平。安迪是個典型的梁望峰迷，不但看他的書，還收藏他的閃卡。而我在那時仍未讀過梁望峰的作品，只聽聞他是位很受歡迎的年輕作家，便問安迪為什麼喜歡看梁望峰的小說。他想了一會，想不出答案，只說「喜歡就是喜歡」。我開始覺得有點意思了，說不出原因的喜歡，可能是真正的喜歡；當然，亦可能是盲從附和。最後，我問安迪哪一本梁望峰的小說寫得最好，他的答案是《夜的孩子》。

於是，我在圖書館裏請助理人員替我找這本《夜的孩子》。他們趁書還未上架前，便預留給我，否則，梁望峰的書一上架，不消五分鐘，便會被人借走。

一口氣把《夜的孩子》讀完，漸漸明白梁望峰的作品為什麼深受年輕人歡迎，對於他有沒有「請槍」一事，亦有點頭緒。

梁望峰寫出了年輕人的夢。年輕人總會做夢。記得年輕時，我很崇拜姜大偉，看過他在銀幕上的「草上飛」功夫後，潛移默化，走起路來也有種輕飄飄的感覺。今天，不少年輕人鍾情於劉德華在電單車上的英姿。《夜的孩子》裏的一心騎着貼上《天若有情》標貼的電單車在午夜飛馳，實現了他們在現實生活中不能達成的夢想，再配合抽煙、飲酒、救美、追逐愛情，與黑幫周旋等少年人以為「有性格」的情節，加上三分浪漫、二両叛逆、五錢寂寞兼痛苦，最後添少許友情義氣，便炮製出夢一般的小説世界。

夢彷彿伸手可及，卻又虛幻遙遠，似真非真是夢的可愛之處，梁望峰的小説正具備這個特點。試看這一段文字：

> 只要騎上電單車，他會感覺自己是一隻自由自在的飛鳥，在空氣中飛翔，能直接地接觸到爽快的清風、徹骨的寒風；下雨時雨點打在面頰時所感到的疼痛，這種把愉快和辛苦集合在一起的感覺，令他感到自己更像一隻鳥。（頁50）

年輕的讀者，甚至梁望峰本人可能沒有這種真實的體驗，於是作者和讀者一起編織夢，豈非快事一樁麼？然而，這種缺乏生活體驗，純粹想像出來的小說，很易犯上誇張失實，不合情理的毛病，例如：

觀微拿着話筒，像個被惡作劇的小孩般……直至他感到握杯的手傳來陣陣的劇痛，他才知道，原來灼熱的咖啡，已因他手執耳柄的傾斜滲進了他的指縫間……大約三五分鐘後……觀微呷了一大口咖啡（不給灼熱的咖啡燙傷，真是奇跡），灌了一喉嚨的苦澀……（頁 43–44）

一心（因與女主角交談，至少遲人家三十秒才開車）把車速加至可怕的地步，要趕上並越過前面的十多輛電單車……這場比賽，以旺角百老匯戲院作為起點，依照路線往尖沙咀拐一個大圈回到百老匯作終點……未到油麻地，一心已超越了九輛，與剛才邀賽的三個車手並駕齊驅（普通的250cc電單車只需二十秒便可由旺角到達油麻地，他們一定走得比舊巴士還要慢），在靜寂的彌敦道上不停加油向前飛馳……正想衝過前面的一盞紅燈，有個母親攜着小童走出馬路(上文曾提及是深夜)……在撞着母子前的五尺地方，使勁踩下剎車掣（竟不翻車，又是一次奇蹟），再把把手努力傾向行人路……一心的手臂擦着那些商店鐵閘，只覺半條手臂疼痛不已(即使不斷手，亦受傷不輕，但一心能賽畢全程，並安然返家休息，作者竟無隻字提及其傷勢。）（頁 53 至 56）

在《夜的孩子》裏，類似的犯駁情節還有不少。然而，這亦是吸引年輕人的地方，真實得如生活一般的就不是夢了。少年讀者需要的是在愛情、學業、事業上的夢想得到滿足，根本不太計較情節是否合理。

讀完《夜的孩子》，我再看梁望峰的第一本小説《校方線人》和另一本近作《感情儲值票》，比較之下，梁望峰的文字功夫進步了。在二十世紀九〇年出版的《校方線人》的序中，畢華流指出梁望峰語法上的錯誤，在後期的作品中已見一定的改善，大概日子有功，文筆愈練愈好吧！可惜，梁望峰的小説技巧卻依然故我，含糊浮淺，矛盾粗疏，吃力不討好。更可惜的是，梁望峰把他作品的價值建立在商業上，而非在文學上，他說：

憑良心説話，我的作品寫得好不好，自己心裏有數，只不過寫到一段時間後，寫得好極和壞透，一樣會有捧場客，

只要銷量不賴，哪有出版社會將我拒諸門外呢！（《出賣記憶》，第二版〈序〉）

這樣捨本逐末的選擇極不明智。

在作品的〈後記〉裏，梁望峰愛向讀者報道一下他灑脫的寫作習慣和生活近況。他常常「打機」、呆坐、在街上閒蕩、唱卡啦OK，到了交稿的「死線」，才寫得死去活來，他自知這種性格會累事，卻又不打算改變。這樣下去，會有好的作品出來嗎？「好賣」的作品跟好的作品畢竟是兩回事啊！

不知是否梁望峰本人的意思，出版社常吹捧梁望峰十七歲出版小説。在今天，連高級程度會考的考生也要背範文來考作文科時，十七歲的梁望峰寫出他的第一本小説，的確難能可貴，他的聰明與才氣是可以肯定的。然而，有否想過鍾偉民寫《捕鯨之旅》時多少歲？鍾曉陽寫《停車暫借問》時有多大？梁望峰是梁望峰，要把他跟鍾偉民或鍾曉陽比較，似乎並不公平，我亦沒有這個意圖。我只想指出作品的價值決定於作品的質素，跟作者的學歷、出身或年紀等背景因素沒有直接的關係。所以，《捕鯨之旅》和《停車暫借問》

的永恆價值不在於作者年輕，試問，同樣是年輕人的梁望峰哪篇作品夠水平拿個青年文學獎？

不斷地充實自己，擴闊生活體驗，提高文學修養，是每個從事寫作的人的本分。梁望峰擁有一個成功的開始，盼望他能努力下去。

話說回頭，梁望峰到底有沒有「請槍」？安迪同意我的答案——「沒有」，卻強烈地反對我的理由——「要請的話，也會請個寫得更好的『槍手』」。

選擇作家作品時，應挑選和自己年齡、背景接近的？還是和自己截然不同的？

選擇與自己年齡、背景相近的作者的作品，由於彼此的思想相仿，容易產生共鳴；然而，閱讀最大的樂趣是藉書本進入不同的國度，認識各種文化，細味每位作者的心事，所以我看書的習慣一如吃東西，從不揀飲擇食（不良刊物除外），試翻開本書的目錄，書種是不是很不同呢？

10 香水與汽水——
比較林燕妮與楊靈的愛情小説

讀完楊靈的《不懂分手的女孩》後，再一口氣連讀林燕妮的兩部小説《痴》和《丙等操行生》，很是愜意，像細聽兩位來自不同背景、不同年紀的女性分享她們的愛情觀。

金庸睿智地把林燕妮的小説與香水拉上關係，他説：

> 林燕妮的小説是用香水寫的，是用香水印的，讀者應當在書中聞到香氣。雖然，油墨中並沒有真的香水，但你讀着的時候，不是聞到了成熟的小姐們的華貴香水嗎？（《痴·序》）

文如其人，林燕妮筆下的女性像她一樣，是成熟、美麗、有錢、有學問的專業人士，甚至連寫作習慣亦一樣，她筆下的琵琶愛「拿出一疊原稿紙，拿起香水瓶一張一張地噴」（《痴·晨訪》，頁

27），聽說林燕妮也有在稿紙上灑香水的習慣。在這些高貴的女性身上有許多吸引人的東西，例如名牌衣飾、成熟的體態、得體的談吐等，然而，最令她們增添風韻和魅力的，還是香水，滲進肌膚後散發的馥郁芳香，中人欲醉。

楊靈的《不懂分手的女孩》是她「成為女人之前系列」的首部作品，寫的是少女的愛情故事。如果說林燕妮的小說用香水寫成，那麼，楊靈的小說是用汽水寫的。少女買不起名牌香水，亦不必塗香水，她們發放着淡淡的少女獨有的天然幽香，是噴香水的成熟女性所欠缺的。名門貴婦手拿一杯香檳，輕靠着酒店大堂的鋼琴，永遠給人一種幽雅的情調；而成羣中學女生圍在便利店門外，嘻嘻哈哈的，啜着汽水，又是一幅青春活潑的硬照。

女人總是把香水悉心地、刻意地塗在身上特別的部位；成熟女性處理愛情仿如塗香水，總是小心的、考慮周詳的，因為她們身處複雜的人際關係當中，學歷、事業、家庭背景等外在因素，都夾雜進戀愛和婚姻裏。

未婚的，不易選到合適的男人，因為：

女人太獨立、太漂亮、太能幹，是會嚇走男人的，何況，她們都近三十歲了，三十以上的男人，多半已經成了家，未成家的，又喜歡二十出頭的青春女子，她們的「市場地位」，實在十分尷尬。(《痴．嫁不掉的美人》，頁126)

雖然不易挑選，仍是要挑選，只因她們的一舉一動都惹人注目。

結過婚的，像《丙等操行生》裏的王書雲，離過兩次婚，到第三次，與未婚夫商議婚事時，竟說「合不來時，可以離婚」(頁45)，簡直理智得有點可怕。

少女的戀愛呢？就像喝汽水，無拘無束，敢愛敢恨，猶如在炎炎夏日，來一口冰凍的汽水，甜絲絲的感覺，滲人心脾；然而，汽水並不能解渴，特別混有糖精的，令人愈飲愈渴。同樣，愛情也會令人愈陷愈深——《不懂分手的女孩》裏的名揚移情別戀，跟起初在電話裏提出分手，掛線後，起初痛哭不已，再致電名揚，名揚卻在電話裏鎖上密碼，起初由9999一直嘗試，試了個多小時，直到凌晨三時多才搭通電話。她求名揚回心轉意，最後還答允做名揚的後備，甘心做他的另一個選擇。

在「合不來的，可以離婚」的王書雲眼中，起初是個幼稚得可憐的小女孩，然而，王書雲年輕時也不正是一樣嗎？只是「人大了，純愛情的生存機會很微。」(《丙等操行生》，頁 26) 當專業女性失去愛情時，還可寄情事業，像《痴・脱胎換骨》裏的茱莉，被丈夫拋棄後，振作起來，成為一間法國珠寶店的香港區廣告兼公關經理；起初卻不同，她像為愛情而生存一般，她哭得兩眼紅腫，終日鬱鬱寡歡，還為自己拍了一張有十六個貼紙的相片，寄給名揚，十六天之後，就剛好是情人節，她在信上寫着：

名揚：

若你在某一天想起我，就把其中一張貼紙貼在你的日記簿，然後你就會發覺你還是蠻想念我的。(頁 157)

少女心事固然是細密委婉，在楊靈筆下，就連少男的心事也同樣含蓄，暗戀鄰家女孩的遙亮向起初示愛的方式真是出人意表，他寄了一封信給起初，起初把郵票剪下，放在水裏浸，「待清水融化了用來貼郵票的膠水後……她留意到本來貼着郵票的信封一角，上

面用原子筆寫了幾個字，若她沒有浸走郵票是看不到的，『起初，我愛你！』」（頁 207）

如果沒有集郵習慣的起初把信封丟了，或者不理會那枚郵票，又或者那信角給浸壞了……實在太多可能性令起初讀不到這幾隻字。只有小女孩才想到這種「曲折」的方法去示愛。若出自林燕妮手筆，一方會直接向另一方說：「我們結婚，明天去大會堂登記。」（《丙等操行生》，頁 44）這是曾經滄海的女人的心底話，她們知道青春不再。漫步愛情路有點似喝汽水，少女們正淺嘗生命中的第一、二口時，成熟的女性清楚開蓋太久的汽水並不可口。浪漫的初戀始終是少女的專利，遇到合適的男人，還是早早結婚為妙。

同是女性作家，同樣寫愛情故事，就小説論小説，楊靈及不上林燕妮。

楊靈的弱點是着重文句的修飾，而忽略了故事的結構和情節的鋪排。梁望峰稱讚《不懂分手的女孩》裏「精彩的句子，多得幾乎可以説是過分的。」（《不懂分手的女孩．跋》）他舉了些例子：

你愛上一個男人繼而輸給他。一愛上一個人你就會輸給他。

女孩子像錄音帶，第一次戀愛就如第一次將內容錄進帶內，出來的音色是最好的。第二次戀愛，就是將錄音帶回帶，不是錄不到，而是效果會差了；再重錄下去，音色只會每況愈下。

變了心的人就像混了另一種顏色上去的調色板，任你用盡辦法，也無法調回原來的顏色。

梁望峰與楊靈合作無間，二人的意識形態自然相近，然而，看法太相近時，會互相影響，失卻了一些更有見地的相反意見。梁望峰的父親梁瑞明先生透露了兒子為文「要求戛戛獨造。他在外寫作，忽然會來電找他母親，說要把某一句話的某個字詞改動，化腐朽為神奇，要特別些，不知有什麼字可用。」(《心情倒影．序》)可見年輕作家多力求用字尖新，結果，流於偏重外表的花巧。佳詞妙句固然難得，小說的整體和深度更是重要。

《不懂分手的女孩》是個平平無奇的故事（可能在小女孩眼中，平平無奇的戀愛亦算驚天動地的故事），同時，作者限於閱歷，在情節上犯了想當然式的錯誤亦不自知。例如，遙亮一直以匿名的 e-mail 去關懷和鼓勵起初，後來翰林用一個 command 查出這「無名氏」的地址。起初「仔細一看，睜着眼睛，緩緩的搖頭：『我家是B座，這地址寫着A座。』」（頁 204）她方知隔壁的遙亮對自己存着愛意。從這一段，便知道楊靈全無使用e-mail的經驗。電腦是個笨東西，〇就是〇，1就是1，寄e-mail 時，既有to（致）的地址，亦有from（由）的地址，而且，地址是以server為單位，如 Mary@hkstar.com 之類，無所謂A座、B座。

本來寫作不免有手民之誤，巨匠如金庸，也被人找出「黃蓉幫主宋人（十三世紀南宋人）唱元曲（十四世紀的產物）」（《武論金庸》，頁 182）的錯誤，但這僅屬小瑕小疵，無損整部《射鵰英雄傳》的結構和情節。上文提及《不懂分手的女孩》內的犯駁則不同，可惜得很，e-mail一段乃故事其中一個關鍵情節。如果起初不知遙亮就是那「無名氏」，會否珍而重之地剪下遙亮來信的郵票，誠未可料。

相對來說，林燕妮的眼界廣闊得多，着眼處是一篇結構完整、情節豐富的作品，而非一二佳句。以《丙等操行生》為例，文字有點散文化，平白如話，不加雕琢，親切如朋友聊天，向你訴說一段往事：名媛下嫁受薪白領，新婚夫婦處處受人白眼。故事的初段有點老套，但作者的巧筆一轉，做丈夫的竟是馬來西亞橡膠大王的十一少，一夜間，頓變城中紅人。林燕妮不僅細膩地刻畫出夫妻倆對新轉變的種種適應，還對世態炎涼、上流社會跟紅頂白的醜態作尖銳的諷刺。

兩家相比，立見高下，林燕妮的小說較楊靈的實在勝一籌。

以林燕妮的學養和寫作經驗，寫得較好是應該的。然而，楊靈寫得亦屬不錯，她成功地把女學生的生活面貌、對愛情的態度反映出來，特別是起初拒絕名揚上牀的要求一段，她把薄情郎怒斥一頓，覺得「自己成為了女人。一個擁有處女膜的女人。」（頁195）不禁令人讚歎一句：多麼懂事的女孩！何況，《不懂分手的女孩》是楊靈的第二部小說而已，青春是年輕人的本錢，只要繼續努力，假以時日，楊靈可能會像林燕妮一樣，拿個香港藝術家聯盟最佳作家獎呢。

「煩惱」是不是文學創作的來源？

我們隨便翻開一本有關中國文學史的書，都會讀到一些關於文學起源的資料，例如源自遊戲、勞動之類。最早期的文學是人類情感迸發，作出合乎自然音樂節奏的咨嗟詠歎，而煩惱是情感之一，當然算是文學創作的來源。只要情真，快樂、悲哀、煩惱、憤怒都能產生動人的作品，令讀者深受感染。

11 歌德．少年維特．《沒經典的愛情》

少年維特是十八世紀德國大文豪歌德的名著《少年維特之煩惱》裏的經典小說人物。他是個癡情種子，把滿腔熱愛傾注在美麗質樸的綠蒂身上，可惜，二人有緣無分，綠蒂被迫下嫁一個庸俗的官吏為妻。在雨雪霏霏的晚上，維特與綠蒂最後相會後，他拿着向綠蒂借回來的手槍，站在窗前，遙望綠蒂的家，向着夜空盡情地傾心吐意。其中燴炙人口的一段是：

綠蒂，我現在不怕拿起這可怕的毒杯，我將把它一飲而盡！這是你交給我的，我不畏縮，罷了！我一生的願望和希望都就實現了！我就這樣冷靜地，堅定地要敲死神的鐵門！綠蒂，我何幸得享受這種為你而死，為你而犧牲的幸福啊……

之後，一聲槍響，子彈從右眼射穿了維特的頭。

論者認為《少年維特之煩惱》是歌德自況之作。1772年，歌德在小鎮威茲拉爾當見習律師時，邂逅夏綠蒂．巴夫，二人一見鍾情。現實生活仿如小說的情節，夏綠蒂早已跟別人訂親，歌德壓抑着激烈的戀慕情懷，黯然離開傷心地；同年，更傳來歌德的一位好友因失戀而自殺的消息，令歌德也曾興起自殺的念頭，最後，他還是克服悲觀的情緒，積極寫作，把兩個不幸的故事連在一起，成為《少年維特之煩惱》。這部一字一淚的小說被譽為「傷感小說」登峰造極之作，對後世文壇影響深遠。

少年維特亦是香港一位作家的筆名，就這個筆名，使人聯想到歌德筆下的維特。兩個維特有無相同的煩惱呢？歌德已把他的維特的煩惱刻畫在讀者眼前，而香港少年維特則把他的煩惱埋藏在小說裏，等待讀者發掘出來，《沒經典的愛情》便是其中的一部。

七個故事組成《沒經典的愛情》。初時，逐篇去讀，一度以為是七篇沒相干的愛情小說；重讀時，一口氣的看下去，卻發覺七個故事背後隱藏着一根無形的灰線，鬱鬱暗暗的，把七篇小說連成一氣，一篇扣着一篇，深沉地向讀者細訴現代愛情的煩惱。

采妮是第一個故事〈重慶心林〉的女主角，她每次都因問男友

「你愛我嗎」而換來分手的收場。真心相愛的男女根本不用多此一問，只有懷疑對方的真誠，恐怕對方變心時，才會這樣問，盼望得着一句「我愛你」，重拾已褪色的信心。采妮的不幸，乃遇人不淑。她問Ａ君，Ａ君卻與別的女子相好；她問「我」時，「我」已把愛分了一半給新相識的伊文，而「我」跟采妮分手的理由竟是「不喜歡她的專一」(頁 26）。

稱得上戀人，卻愛得這麼兒戲，這份愛是真的嗎？采妮與男友間的所謂「相愛」，遠不及〈野鴿子的黃昏〉裏的一雙男女。男的每天在茶餐廳裏喝奶茶和看書，女的每朝都偷看他，他們惟一的接觸僅是一次禮貌式的微笑。後來男的自殺身亡，女的為他流淚，行屍走肉地度過歲歲月月。他們之間連交談也沒有，更遑論問一句「你愛我嗎」。然而，愛在他們之間，在傷感的國度裏，卻異常地親近和深刻。

這雙未說過半句話的「戀人」，比許多朝夕相對的夫妻愛得更深，愛得更真。第三個故事〈平常生活〉裏的阿志和莎麗便是個反襯，他們結婚生子的理由是「沒有別的選擇」(頁 53）。他們從沒理智地考慮過，未曾認真地愛過。婚後，莎麗感到悔疚，漸漸地，她患上抑鬱症，後來更離家出走，在外漫無目的地坐巴士到處流蕩。雖然她最終返回丈夫和女兒身旁，投入家庭主婦的生活，可是，這種生活一點也不真，因為她的心結和孤寂仍在，永遠解不開。

相比之下，在〈毛老師的最後一面〉裏，陸 Sir 所過的生活比莎麗的真得多了。他的戀愛故事亦是七個故事中，最美滿的一個，可惜，這段美滿愛情，卻跟小說裏的客觀道德價值相違。陸 Sir 在一所不認同學生拍拖的學校裏任教，他對這種無情的制度意興闌珊，遂放棄教席，在學校附近開影印鋪，還與昔日的女學生談戀愛，進而結婚。他的事業被視為沒出息，他的愛情受人齒冷，但他堅持獨特的價值觀：

在這個是非顛倒的年代，能夠保住一點真，相信比建立豐功偉業更有意義。（頁 75）

孰真孰假？誰是誰非？誰可以定奪呢？情情愛愛，冤冤孽孽，真是多麼奇怪，有時出自愛人口中的一句情話，會成為害人一生的咒語，害人的可能不覺有罪，被害的又甘心樂意。第五個故事〈等你回來〉裏的妻子為着丈夫説：「我怎捨得丟下你呢？你是我所親愛的，一生一世。」（頁 89）每天在舊碼頭等下落不明的丈夫回來，瘋瘋傻傻的，一直等下去。如果她認識陸 Sir，陸 Sir 一定勸她：

在愛情世界裏，説什麼，承諾什麼，其實都不重要，最重要的是切切實實的愛對方。（頁 81）

要不然，她若遇上〈愛情拯救隊〉裏的國文老師、朱 Sir 和冼伯，情況亦可能改觀。他們一定教她「儘快忘記一切」（頁 128），像幫助飽受三角戀愛折磨的志明一般，給她服用「愛情驚風散」、「情感還魂丹」，把痛苦的記憶洗淨，那麼，她便不會無了期的等下去。

〈沒有顏色的愛情〉是最後一篇故事，亦是全書的小結。子軒和若菲見面不夠十五分鐘，便在牀上相「愛」。若菲付出「愛」，為換取離開難民營的自由。他們「戀愛」一百天後，便結成夫婦。作者沉痛地道出：「時代已經改變，沒經典愛情。」（頁 136）

讀罷這七個故事，我閉上書，也閉上眼，靜心感受作者把一顆顆染滿傷感、無助、煩惱的無形子彈，直射我的心坎。好想推開所有窗戶，讓一絲晨光、半點清風透進來，沖淡一下室內的鬱悶。

不禁反問：「什麼是經典的愛情？」很快，聯想到幾個熟悉的名字：羅密歐與茱麗葉、梁山伯與祝英台、賈寶玉與林黛玉……都是不得善終的愛情故事，然而，他們的愛卻是刻骨銘心，至死不渝。

另一方面，又想起王國維在《紅樓夢評論》中，指出醞釀悲劇的三種因素：（1）蛇蠍般的惡人從中破壞；（2）遇上猝然受害的意外；（3）作者在尋常的人情和境遇中，種下無法避免的悲劇因素，發展出不可逆轉、至憐至苦的劇情。王氏認為第三種屬最高明。《紅樓夢》、《殉情記》、《梁祝》、《少年維特之煩惱》等經典的愛情故事，都具備這種表現手法。

反觀《沒經典的愛情》裏七個教人神傷的結局，主要是出於「惡人」所為，寡情負義，放縱情慾的收場只會誤己害人，抱恨終生。香港少年維特歸咎於現代人不懂得愛情，不尊重愛情，於是沒有經典的愛情故事出現。他說：

愛情不再神聖，變成了以物換物的情感交易，於是有所謂「溝女」、「我條菜」、「我條青」等概念的出現，既然捉不到愛情，就惟有佔有對方。（頁9）

原來，在他眼中，我們正身處這樣的年代裏，雖怪他會慨歎：「這樣的年代，這樣的人，沒有經典愛情。」（頁160）

現代人的情愛真的淪落到這種「有性無愛」的慘況，不配再有經典的愛情故事嗎？答案甚具爭議性。

其實，太陽底下無新事，今天固然有很多負心漢，昔日亦有不少薄倖郎。香港少年維特反映出現今社會某些道德敗壞的現象，但絕非整體，亦非惟獨這個世代才如此敗壞，古往今來，庸俗的愛情多的是呢！同樣地，純潔摯誠的愛情故事，依然大有人在，過分悲觀只會自添煩惱。

綜觀全書，不難感受到香港少年維特那種既想得到愛，卻又怕受傷害的矛盾心情。他說：

我不是愛情烈士，太沉重的愛情我吃不消。我只想簡簡單單地戀愛……

只怪我當年年少無知，受愛情迷惑。現在我成熟了，不會胡亂投資。虛擬實境的愛情，比較適合我。不用親身參與，卻能享受愛情的快感。（頁160）

這正是傷心人的心底話。歌德被愛所傷，把傷感貫注在維特的生命中，由維特替他去哭，代他殉情。從字裏行間看來，香港少年維特似乎亦曾經滄海，而借筆下的人物去一訴衷情。情絲惱人，無分古今，大概有人的地方，就有愛情的煩惱。

最後，我沒有推開窗，而是從書架上取下《聖經》，翻開〈哥林多前書〉，讀一段為愛下的經典定義：

愛是恆久忍耐，又有恩慈；愛是不嫉妒；愛是不自誇，不張狂，不作害羞的事，不求自己的益處，不輕易發怒，不計算別人的惡，不喜歡不義，只喜歡真理；凡事包容，凡事相信，凡事盼望，凡事忍耐。愛是永不止息。（〈哥林多前書〉十三章四至八節）

不知香港少年維特讀過沒有，沒有的話，盼望他能讀一遍。

討好了大眾，是否一定犧牲了文學作品的風格？

大眾口味不一定令作品造成什麼犧牲，最重要是在雅俗之間，作者如何取捨和平衡。創作人的眼界和見識常較普羅大眾高一點、前衛一點，所以，歷代不少名畫、名著的地位，都在作者身故後才被肯定。如果你是一個作者，當永恆價值和即時回報不能兼得時，你會選擇何者？為什麼？你的考慮，可能就是我的考慮。

12

馮寶寶被拷的聯想——
雜論《西廂記》

夜裏失眠，從牀上爬起來，按開電視機收看粵語長片。

熒光幕上，半日安反串的相國夫人執着一根粗如手臂的籐條，怒瞪圓目，審問馮寶寶飾演的小紅娘，一看便知是《西廂記》中的「拷紅」。

聰明伶俐的紅娘為何遭相國夫人拷問？那就説來話長——

當日相國夫人與愛女崔鶯鶯到普救寺去上香，賊寇孫飛虎突然率眾圍寺，要擄鶯鶯作押寨夫人。相國夫人權衡利害後，便許下諾言，答允把鶯鶯嫁給能把賊軍殺退的人。適值書生張珙在寺中遊覽，他連忙致函故友蒲關守將杜確，結果，杜確領兵前來把孫飛虎殺死，解了普救寺之圍。事後相國夫人竟食言賴婚，只容許張生和鶯鶯以兄妹相稱。相國夫人這招固然高明，可是，人算不如天算，張生卻與鶯鶯情苗暗種，二人透過丫環紅娘傳遞書簡，偷偷幽會，私訂終身。後來，相國夫人見女兒語言恍惚，又聽聞她與紅娘夜半在花園裏燒香，心中起疑，便命人把紅娘帶來拷問一番，以求知悉底蘊……

張生和鶯鶯得以相會私通，紅娘實乃關鍵的人物，難怪相國夫人要向她迫供。後世亦以紅娘為撮合婚姻，促成好事的人的代稱，例如粵劇《搜書院》有「我似張生情義重，中間誰個作紅娘」的曲文；柳青寫的《創業史》第一部十五章亦有「又沒得紅娘式的人物，幫助他們聯絡聯絡，要理解對方的心思是多麼困難啊。」

紅娘由劇中角色演變為某類人物的典型，屬作者意料之外，可見出色的文學作品的影響何等深遠。

馮寶寶跪在半日安棒下，一副楚楚可憐的模樣，她實在把紅娘演活了。馮寶寶能有這麼大的機會去發揮演技，應該間接多謝董解元。

《西廂記》的故事源出唐代詩人元稹所寫的傳奇《鶯鶯傳》，在元稹筆下，紅娘本是個可有可無的閒角。董解元以《鶯鶯傳》為骨幹，編寫成諸宮調《西廂記》(下稱《董西廂》)。「諸宮調」是宋代流行的説唱文學，有人説董解元是南宋人，有人説他是金人，總之他的生平事跡已無可稽考。董解元不僅賦予紅娘嶄新的生命：愛恨分明、見義勇為、機智乖巧、能言善辯，還把《鶯鶯傳》的內容作革命性的改動。張生在《鶯鶯傳》裏是個無行文人，對鶯鶯始亂終棄，而鶯鶯則是個逆來順受的弱女，遭張生遺棄後，還叮囑他要「還將舊時意，憐取眼前人」；董解元將他們塑造成忠於愛情的人物，為了愛情，二人不惜與家長決裂，不怕負上傷風敗俗之名，雙雙私奔。

在婚姻制度講求「父母之命，媒妁之言」的社會裏，《董西廂》的結局可説是大膽前衛呢。

馮寶寶演的《西廂記》卻沒有私奔的結局，因為電影劇本是照王實甫的雜劇《西廂記》（下稱《王西廂》）改編。

戲曲是元代文學的代表，地位一如唐詩、宋詞。元曲分為雜劇和南戲兩種，而《王西廂》是雜劇中的傑出作品。

有別於他的前輩元稹和董解元，王實甫為《西廂記》安排了一個大團圓結局：經紅娘力陳利害後，相國夫人為了不玷辱家門，只好答應張生和鶯鶯的婚事，但條件是張生要考得功名，於是張生立即上京應考，結果高中狀元，有情人終成眷屬。

《王西廂》的妥協式結局，大大削弱由故事前部分凝聚而成的悲劇氣氛，將所有衝突和矛盾一筆勾銷，所以後來的評論者，例如金聖歎，對此大肆批評，認為是糟粕之作。更有人提出《王西廂》最後一卷並非出自王實甫手筆，甚至扯到另一位元代著名劇作家關漢卿頭上，出現所謂「王作關續」之說。不過，這些說法都沒有充足的論據，至今難有定論。

我們若撇開藝術價值，改從市場價值去思想，或許可以理解王實甫何以給《西廂記》寫一個這樣的結局。雜劇是當時的大眾娛樂，等於今天的電視劇和電影，電視劇追求收視，電影標榜票房，雜劇當然也要吸引觀眾。電視台和電影公司常常拍攝一個以上的結局，視乎觀眾的喜好才決定選播哪個。同樣道理，如果普羅觀眾進場看雜劇只為輕鬆開懷，那麼，大團圓結局乃無可厚非。

不經不覺，電視上的《西廂記》已近尾聲。金榜題名，洞房花燭，才子佳人締結良緣，齊歡唱，同慶賀……

我關上電視，輕揉眼皮，伸個懶腰，爬回牀上，腦海中不斷湧現《王西廂》裏優美的曲詞——

可正是人值殘春蒲郡東，門掩重關蕭寺中。花落水流紅，閑愁萬種，無語怨東風。

他思已窮，恨不窮，是為嬌鸞雛鳳失雌雄。他曲未通，我意已通，分明伯勞飛燕各西東，盡在不言中。

碧雲天，黃花地，西風緊，北雁南飛，曉來誰染霜林醉？總是離人淚。

四圍山色中，一鞭殘照裏。遍人間煩惱填胸臆，量這些大小車兒，如何載得起？

妙玉只是《紅樓夢》中的配角，為什麼依然令人印象難忘？

《紅樓夢》是中國古代四大奇書之一，後世論者從《紅樓夢》裏總結出一種小説技巧「草蛇灰線法」，於錯綜複雜的情節和千頭萬緒的線索背後，隱藏着脈絡，綿綿緊扣，前後呼應；同時，小説中的數百人物，不論主次，個個性格鮮明，形象突出，而且互相映襯。所以，妙玉雖是配角，在作者的一枝巧筆底下，一言一行，都令人難忘。

13 紅梅折罷暗銷魂——
論《紅樓夢》中妙玉的悲劇命運

茅盾一首名為〈贈梅〉的詩云：

> 無端春色來天地，檻外何人輕叩門；坐破蒲團終徹悟，紅梅折罷暗銷魂。[1]

這詩的典故出自《紅樓夢》第五十回，寶玉因聯句落第，被眾人罰往櫳翠菴去討梅一節。

櫳翠菴的主人是個叫妙玉的尼姑，她向來孤高自負，別人來折梅，總不賣帳，但今趟寶玉偏偏得到她的青睞，可以折得一枝紅梅回來給眾人欣賞。妙玉贈梅的過程，《紅樓夢》的作者曹雪芹並沒有寫出。茅盾卻把寶玉叩門討梅，說成「春色」乍來；妙玉明折紅梅，暗自銷魂，亦非坐蒲團的出家人應有的心理狀態。這些情節是茅盾憑空杜撰的麼？當然不是，茅盾其實深得作者的神緒，這首

〈贈梅〉可作為原著以外的一項補充。

妙玉是個充滿矛盾的悲劇人物。作者在《紅樓夢》第十七回末，藉林之孝與王夫人的對話，交代了她的身世背景：

(1) 她是個十八歲的姑娘，年輕貌美；

(2) 她出身於蘇州的仕宦之家，極通經典文墨，又會吟詩填詞；

(3) 她帶髮修行的原因，是自幼多病，並非看破紅塵；

(4) 她的父母已故，身邊有兩個老嬤嬤和一個小丫頭服侍，依然不失其闊氣；

(5) 她隨師父到長安去朝拜觀音遺跡和貝葉遺文，後來師父圓寂，遺命她不宜回鄉；

(6) 她進大觀園的方式，與別不同。櫳翠菴內的小尼姑都是被賈府聘買的，惟獨她是先下請帖，次日遣人備車轎去接，不然她便以「侯門公府，必以貴勢壓人」為由而拒絕。

對《紅樓夢》創作過程極清楚的脂硯齋把此節批曰：「補出妙卿身世不凡，心性高潔。」[2]

妙玉與黛玉比較，二人的身世頗為相似。她們都是蕙質蘭心，才貌雙絕的少女；也是父母俱亡，寄人籬下的孤兒。然而，黛玉是賈母的外孫女，她在賈府中是名正言順的「主子姑娘」；妙玉儘管出身不凡，心性高潔，具備了當「主子姑娘」的條件，但她與賈府的關係僅是被聘者與聘主，而且她身在空門，還較黛玉多了一個宗教的枷鎖。

妙玉的悲劇命運肇端自她幼年輕易出家。由於她六根未淨，塵心未了，生活在豪門富戶內，俗世的誘惑，無時無刻在挑動她那未淨化的心靈，所以，她不得不為自己築起一張厚厚的保護網——怪僻的情性，不輕易與人交往，待人處事總是超出常規，使人難以捉摸。這樣，她就為自己免除不少來自塵世的滋擾。

有誰明白妙玉心底裏的少女柔情呢？恐怕沒有，就連她的老朋友邢岫煙也批評她「僧不僧，俗不俗，女不女，男不男。」在眾人眼中，妙玉便是一個「怪人」、「畸人」，相信在妙玉還是官家小姐時，從沒想過別人會這樣稱呼她。

在大觀園裏，妙玉最大的誘惑，並非多姿多采的花花世界，而是那位令她「紅梅折罷暗銷魂」的寶玉。

十八歲的少女，正是豆蔻年華，對異性好奇，對寶玉一類「面如中秋之月，色如春曉之花」的俊男傾慕，乃人情之常。何況妙玉才貌出眾，秀外慧中，要她長倚青燈古佛旁，自然是寂寞難耐。在第七十六回，她所續的〈中秋夜大觀園即景聯句〉十三韻，最後二句：「芳情只自遣，雅趣向誰言」正是她的心聲。

妙玉是個出家人，在理想中，她要做到恬靜寡慾，古井無波；然而，在現實中，她卻受情魔纏擾，一縷情絲早飄到寶玉身上。

對於愛情，妙玉不僅沒有積極逃避，反而情不自禁地主動追求。除了第五十回的「贈梅」外，還有三回中的例子，可以說明妙玉在尋常的家居生活裏，怎樣含蓄而曲折地向寶玉表達她那份不尋常的愛情願望。

第四十一回，賈母領劉姥姥等人遊大觀園，順步來到櫳翠菴，妙玉連忙沏茶接待，她給賈母喝的是以「舊年蠲的雨水」沏的老君眉。之後，她撇下這位賈府的至尊不理，獨自帶寶玉、黛玉和寶釵三人到耳房去喝「體己茶」，讓他們品嘗的，雖同是老君眉，沏的水卻是「五年前收的梅花上的雪」。雖然妙玉一本正經地對寶玉說：「你這遭喫茶是託他兩個之福，獨你來了，我是不能給你喫的。」但是，她把自己的綠玉斗給寶玉用來喝茶。由此可見，在這班打擾櫳翠菴的俗人當中，真正受到妙玉禮待的，就只有寶玉一人。劉姥姥喝過的杯子，妙玉嫌腌臢，把它棄掉，還說：「幸而那杯子是我沒喫過的；若是我喫過的，我就是砸碎了也不能給他。」這種執著和高傲，不是屬佛的，正如上文所言，是她的保護網，只有面對寶玉，她才稍為放下她的執著和高傲。

這是在客觀條件中有比較情況下，妙玉對待寶玉與眾不同的表現。

第六十三回，寶玉生日當天，妙玉使人送來一張粉紅色的賀箋，上面寫着：「檻外人妙玉恭肅遙叩芳辰」。我們從這件事，可發覺：

(1) 妙玉不親身送來，顯然自感有所不便；

(2) 慶賀生辰本是俗世人的俗世事，妙玉不僅緊記寶玉的生辰，還動念祝賀；

(3) 賀箋是粉紅色的。粉紅色不是出家人的顏色，正如胡菊人說：「這就是她（妙玉）素心、淨屋、尼冠、玄服，一片冷色之下的那點『春心』，畫龍點睛了。」[3] 妙玉的感情和行為，實在沁着濃烈的閨閣少女的色彩。

上述三點披露了慶賀生辰這件尋常事中的不尋常處。這是在主觀感情中沒有比較的情況下，妙玉對寶玉表達呼之欲出的情意。

第八十七回，妙玉對寶玉的感情，已達由藏而露，不能自控的境地。這次，妙玉正在惜春處下棋，寶玉偶然來到，一句「妙公輕易不出禪關，今日何緣下凡一走？」立即觸動她的凡心。接着寶玉幾句無心之言，什麼「靜則靈，靈則慧」，更是聽者有意，只見妙玉——

忽然把臉一紅，也不答言，低了頭。

微微的把眼一抬，看了寶玉一眼，復又低下頭去，那臉上的顏色漸漸的紅暈起來。

聽了這話，想起了自家，心上一動，臉上一熱，必然也是紅的。

作為一個出家人，她的臉不是紅得有點過分嗎？透過作者細緻的刻畫，妙玉那副嫵媚嬌態，躍然紙上。

妙玉連棋也不下了，在告辭時，說：「久已不來，這裏彎彎曲曲的，回去的路頭都要迷住了。」這分明是託詞，要是迷路的話，她根本就來不到蓼風軒下棋。善解女兒家心意的寶玉，焉不知其言外之意，於是順理成章地送她一程。

當二人走近瀟湘館時，聽見叮咚琴聲，寶玉提議共訪黛玉看琴，妙玉卻說：「從古只有聽琴，再沒有看琴。」便把寶玉留住。看她多珍惜與寶玉獨處的機會。二人遂坐在瀟湘館外的石上，傾聽淒切的琴聲，適值花前月下，梅苑說得好：

這是一種多富羅曼蒂克的境界，但是這樣的境界，卻不是一個出家人所能享受的。[4]

他們聽見黛玉吟道：「子之遭兮不自由，予之遇兮多煩憂。子之與我兮心焉相投？思古人兮俾無尤。」上文提過，妙玉與黛玉的身世相若，黛玉這闋自況之詞，正觸及妙玉的隱憂——不能自由戀愛。她不禁說：「恐不能持久。」瞬間，黛玉琴弦繃斷，妙玉亦不能自持，站起來，連忙離開。

她回到櫳翠菴後，無意聽見兩聲貓叫，想起方才的事，不覺一陣心跳耳熱，春意蕩漾。雖然她連忙收攝心神，走進禪房內打坐，但是神思早已恍蕩，魂不守舍，一時如萬馬奔馳，便走火入魔了。

朱光潛在介紹佛洛伊德的「本能說」時，指出：

被壓抑的慾望在隱意識中能避開意識的節制，所以它的活動能力較原先在意識時反而加大……它可以形成迷狂病徵。[5]

妙玉對寶玉愛慕之情，便是一種慾望，這種慾望在萌生以來，受盡宗教的信條與世俗的眼光所壓抑。在禪房內，面對觀音菩薩，妙玉意識到自己是個六根清靜，萬緣俱寂的出家人；走出禪房，面對重視功名利祿的賈府中人，她又意識到賈府上下絕不同意娶一個「聘」回來的，作「寶二奶奶」。於是她那份被壓抑的慾望，惟有被拘困於隱意識裏。平日她戴上假面具，僅在生活上流露一絲半縷的情調，此刻情調「轉移為生理的表現，造成麻木、癱瘓、拘攣等迷狂病徵。」[6]且看妙玉走火入魔的情形——「兩手攤開，口中流沫。急叫醒時，眼睛直豎，兩顴鮮紅。」她尖聲狂叫，高聲痛罵，盡情地發泄壓抑已久的悲痛。

此情此景，怎教人不生回腸蕩氣的哀思，與唏噓不已的喟歎？悲劇的氣氛濃烈至極。

最後，作者以妙玉被盜賊劫去，下落不明，只傳來一則新聞：「有個內地裏的人，城裏犯了事，搶了一個女人下海去了，那女人不依，被這賊寇殺了！」就此了結這段可哀可憫的因緣。

《紅樓夢》裏最激動人心之處，不是賈府的盛衰，而是「千紅一哭，萬艷同悲」的故事。黛玉、晴雯、襲人、迎春、妙玉……等美與美的毀滅，組成一幕幕淒婉的悲劇。

妙玉不該來到大觀園，可惜，天意弄人，她在大觀園裏認識了寶玉，使她平靜的心湖泛起粼粼細波。來自宗教和世俗的壓抑，使她不能向寶玉傾心吐意，只好隱晦地暗示。當寶玉來討梅時，她便把一顆情心寄託在一枝紅梅之上，交附給他。寶玉明白嗎？他當然不會將兒女之情與眼前的尼姑拉上半點關係，惟有她在心底裏暗自銷魂。意中人雖然近在咫尺，可是，對妙玉而言，寶玉只是一個永遠捉不着的幻相。

注

1 茅盾（1985年），《茅盾詩詞集》，上海：上海古籍出版社，頁160。

2 俞平伯（1979年），《脂硯齋紅樓夢評輯》，太平書局，頁228。

3 胡菊人（1971年），《紅樓水滸與小說藝術》，香港：百葉書舍，頁34。

4 梅苑（1980年），《紅樓夢的重要女性》，台灣：台灣商務印書館，頁98。

5 朱光潛（1981年），《朱光潛美學文集第一卷》，上海：上海文藝出版社，頁395。

6 同上，頁396。

我思、我想……

方太和甄文達屬於風格迥異的廚藝教授者，若把他們的教學方法用於寫作坊之上，何者較佳？

方太教人燒菜，有條有理，有板有眼，事前列明調味料的份量，把材料配料一一切好，才作示範。甄文達下廚隨心所欲，即興發揮，往往有神來之筆。他們的方法，若借用於寫作坊，前者適合初學創作的同學，後者則適合已有一定寫作基礎的同學。

14 寫作與下廚

工餘，我喜歡做兩件事，一是寫作，二是下廚。不説你不知，寫作和下廚之間存有不少共通之處。下廚前要買菜，寫作前要找題材。在超級市場推着手推車，看看這，看看那，為之觀察，當發現牛尾不錯啊，靈感來了，接着把牛尾取下來，放進手推車裏，為之取材或捉住靈感。之後，一面構思如何炮製，一面搜集其他材料，例如紅蘿蔔、薯仔、番茄、椰菜等。材料一大堆，並非全部合用，例如薯仔皮、爛菜葉，於是我們要洗滌、取捨，把不合用的除去，把合用的切成特定的形狀，為之剪裁。材料相同，落在不同的人手上，炮製的方法會不相同，成品自然相異，即使同一道菜，若在細節裏加鹽加醋，會得出不同的效果。例如大灑鹽花，成品必「鹹」；加進辣椒，便賺人熱淚。

記得我在加拿大讀書時，有一年農曆除夕，教會牧師提議一人預備一道菜，在團契裏吃團年飯。大家便各自炮製「燃手小菜」，在除夕夜帶回教會。一擺開，眾人都訝然失笑，原來全都是雞。原來加拿大的雞很便宜，留學生都非富有，故不約而同買雞。雖是「全雞宴」，但菜色卻不相同，煎、炒、煮、炸、燜、蒸、焗，各有千秋。即使同是燜雞，有人用紅蘿蔔燜，有人用薯仔燜，味道便有分別。即使同是白切雞，你的「點」沙薑，他的「點」蔥油，食法又不相同。

這頓「全雞宴」，給我一個寫作的啟發，材料相同，落在不同的作者手上，就着各人的識見、心思、技巧、內涵，會寫出不同的作品。舉個例子——電話。陳贊一的《佈道會》，佈局是三個人的三段電話對話，第一段，孝儀致電何執事，請教會為亡父舉行喪禮，何執事拒絕，理由是孝儀的父親不是信徒；第二段，孝儀致電馬牧師，提出同樣的請求，馬牧師答允；第三段，何執事質問馬牧師為何替孝儀的父親主持喪禮，馬牧師的答覆是為孝儀未信主的親人開一次佈道會。三段對話很簡單，內容卻很有深意。死者已矣，喪禮僅是儀式，最重要的是在生的人有機會信主。

同樣是三個人通電話，胡燕青的《三線一族》，寫三個中學生用「三人會議」來「煲電話粥」，煲呀煲呀，煲出一個荳芽夢式的愛情故事。

同樣是愛情故事，日本作家森瑤子的《別再給我電話》，集了十二個與電話有關的都市愛情故事，寫得非常細膩。

同樣是都市愛情故事，東瑞的《大都會愛情故事》，卻另有一番情趣。男女主角都是商界大忙人，約會時各自的手提電話響個不停，無暇談情說愛，他們於是用「留言」傳情達意。

可見，電話的各種功能，給作者不同的發揮機會，例如周蜜蜜的《油尖區的並蒂蓮》其中一節，母親為怕女兒誤交損友，利用「來電顯示」監視女兒跟誰通電話，好心做壞事，引起一場不大不小的誤會。

周蜜蜜筆下的母親「捉錯用神」，本屬無心之失，正如我們有時打電話，會不小心打錯，劉以鬯的《打錯了》以接不接一個打錯的電話，道出生死禍福有時繫於一念之差。

同樣是打錯電話，韓國作家安東民的《清晨撥來的電話》卻有不同的演繹。警察在派出所當通宵更後，致電回家，明明認得接電

話的是妻子的聲音，妻子卻認不出自己，還說丈夫睡在身旁，最後說句「你打錯電話」，便掛線。這樣的開段，夠懸疑嗎？

談到懸疑，不能不提日本作家森村誠一的偵探推理小說《電話魔》，也是把電話這個材料，發揮得淋漓盡致的佳作。

話說回頭，我在加拿大那頓「全雞宴」，當我們吃了二十多分鐘後，師母突然捧出一大盤炒年糕，放在二十多碟雞之間，大家頓時「嘩」的一聲，不吃雞，爭着吃年糕。年糕本來是平平無奇的食品，但師母捧出來的時間和位置，恰到好處，因而造出一個平地一聲雷的效果。時間：如果在眾人攞雞之前，大家心裏一定說「年糕之嘛」；位置：如果放在蘿蔔糕、馬豆糕、馬蹄糕、紅豆糕、芝麻糕、芋頭糕之間，大家心裏一定說「又是糕呀」。

這個時間、位置的恰到好處，令我想到寫小說時，材料的配搭。舉個例——籃球場。如果我請你寫一個以籃球場作背景的故事，你會放些什麼材料進去，而產生「嘩」一聲的效果？在你埋怨籃球場天天都經過，沒什麼好寫之餘，有沒有想過放一隻澳洲樹熊在籃球場之內（董啟章的《小冬校園》）？有沒有想過球員射球後，籃球飛過空中，留下一道七色的彩虹（陳菈的《青春出於籃》）？有沒有想過在放學時，恐怖分子駕着一輛載有核彈的卡車衝進籃球場，脅持校長、老師、學生作人質（我的《Q版特工》）？樹熊在動物園、彩虹在天上、核彈在軍火庫裏，可能沒什麼特別，但在籃球場上，效果就變得截然不同了。

創作是自由的，大家不妨發揮天馬行空的想像力，盡情地、自由地創作。不過，最後我要一提，歸根到底，在追求尖新、特別、創意的同時，應顧及一些客觀的語文準則，例如不錯別字、不寫病句等等。正如你煮出一碟雞，是生的或焦的，不管「賣相」如何獨特、伴碟的紅蘿蔔切得多麼精緻，這碟雞仍然是不及格。

電子版本會否終有一天取代印刷版本的書籍？

會。這是大勢所趨，但需經一段頗長的時間，讓人們習慣網上閱讀。這段時間可能是好幾十年。

15

我所知道的「雪花棧」

一日，我與「文藝中年」喝下午茶，他談到一些做「文藝青年」時的往事，其中令我難忘的，是他當日拿着詩稿逐家出版社敲門，請人家替他出版詩集。他敲完一家又一家，走至兩腿發酸，最終找到一家願意出版，他高興得整晚睡不着。可是，詩集面世後，銷量奇差，雖是意料中事，但出版社不想詩集在貨倉裏積存太久，佔用位置，便請「文藝青年」把它們搬走，不然的話，「文藝青年」需要繳付倉租。「文藝青年」只好把作品搬回家，堆疊在睡房之內。

當年的「文藝青年」今天已變成「文藝中年」，他對文學的熱情依然絲毫不減。可惜，出版行業對文學的支持，不僅未見改善，情況更是愈來愈差。

請別誤會，我沒半點責怪出版社之意。出版終究是一門生意，搞文學也得要吃飯。不談編輯費、校對費、植字費、菲林費等開支，光是付給印刷廠的，已是一筆「真金白銀」。一本詩集虧本，算是為文學藝術而犧牲；然而，兩本呢？三本呢？長此下去，出版社不關門才怪。所以，我們也要現實些，不能只怪出版界不積極支持文學、不為文壇新秀開方便之門。

如此說來，文學創作豈非步向窮途末路？請恕我悲觀一點，就印刷媒體而言，似乎正是這樣。

不過，窮則變，變則通，天無絕人之路。

於印刷媒體投稿無門的朋友，可以嘗試電子媒體。當你一登入互聯網世界，你會發覺供你張貼作品的大小網站、網頁，其實多不勝數；再者，張貼和閱讀都沒時間限制，隨時張貼，隨時閱讀，一按滑鼠便行；而且讀者屬全球性，不局限於某城某地。寫得好而受歡迎的作品，隨時得到出版社青睞，由電子版本轉為印刷版本，賣個滿堂紅。成功的例子，有痞子蔡的《第一次的親密接觸》。當然，你的目的不一定是名成利就，只為滿足自己的創作欲、發表欲，那麼，請加入「網上作家」的行列吧。

研究歷史學和社會學的 Chirs Ebert Flench，曾研究互聯網上的年輕作家，她發現這些年輕人起初並沒特別的寫作計劃，但愈寫愈多，愈寫愈好，而且持續寫下去。Flench 更指出，有些年輕作家「創作長篇的、複雜的小說。這些作品的篇幅超過一百頁。」[1]

當我讀到 Flench 這篇報告，不期然想起馮友。我最初認識馮友時，他是個初中學生，他對我説計劃寫一個長篇的章回小説。我當時不以為然，因為寫長篇小説並不容易，而我一向鼓勵初學寫作的同學，先寫短的再寫長。後來，我在「雪花棧」網站讀到馮友的《龍印》，他真的一章一章的在網上發表，現在已是第二十九章了，看故事的布局，尚有偌大的空間發展下去。在印刷媒體裏，沒任何報刊可以讓馮友這類年輕人連載長篇小説，但互聯網則可以。寫作這玩意，多寫多進步，筆愈磨愈利，相信馮友完成他這部巨著後，功力一定精進不少。

「雪花棧」網站由數名志同道合的中學生創立，馮友是其中之一。他們以玩票形式搞了三數年，現已略見規模，會員人數過百，且由虛擬網絡走進現實世界，協辦全港微型小説創作大賽和多次文學講座。以中學生所能動用的資源，有此成績確是殊不簡單。

Truman State University 寫作中心的 Maggie Hammel，一直

認定互聯網是鼓勵青少年創作的有效場所。她說：「青少年不單止需要透過寫作去表達自我，他們還希望與人分享，以及收到回應和讚賞。在先天性『冷』的教室裏，青少年感到害怕和孤單，但在網上，他們可用筆名發表意見，甚至幫助其他人學習。」[2]這個論點正好解釋，為何瀏覽「雪花棧」的人次不斷增加。所以，當你說香港年輕人不愛寫作之前，請先登入「雪花棧」看看。

張貼在「雪花棧」上的作品，種類甚多，小說、散文、詩、評論均有。依我的觀察，以微型小說和新詩的水平較高。

近年致力研究和創作微型小說的阿兆，是「雪花棧」的顧問之一，他在網站上張貼的鴻文〈探討微型小說的規律〉，條理分明，論點確切，對有志寫微型小說的年輕人起肯定的指導作用。難怪「雪花棧」中年輕作者寫的微型小說，數量和質量都可觀。

例如，紓縈的《白雪公主的後母》，以惡毒皇后作第一身，採用獨白形式，重新演繹童話名著《白雪公主》。原來國王對白雪公主有非份之想，皇后迫於無奈才把白雪公主趕走，卻換來千夫所指。紓縈不怕珠玉在前，為惡毒皇后翻案，創出新意。

例如，幻加濃的《飢餓感》，寫一個因飢餓而情緒失控的學生，為追打一隻蚊子，把教室弄至天翻地覆。小說最後的一句，「後來我發現我的中文課本的封面上多了一隻鞋印和一隻被踩死的蚊子」，幽香港的教育制度一默，令人忍俊不禁。

例如，仲晦的《路燈》，寫一雙面臨分手的男女，以數路燈的雙單數決定是否分手。他們數了一會，發覺原來受一盞壞燈影響，數錯了數目；但他們同意不必重新查證，就此分手。壞燈象徵二人感情的變壞。仲晦沒說他們分手的原因，然而到了這個地步，顯然裂痕已深，破鏡勉強重圓，心裏的刺難除，灑脫地分手總勝過拖拖拉拉。雖是戀人分手的故事，卻沒有瓊瑤式的哭哭啼啼，讀起來，感覺清新舒暢。

例如，鮪魚的《紅印》，整體佈局不錯，爸爸一直責怪小女孩對姊姊無禮，大家都以為小女孩做錯事，可是當小女孩最後輕輕的一句，「爸……你臉上的紅印也很紅呢」，把整個情勢扭轉過來，原來做錯事的是那位偷情的爸爸。結局很「歐亨利」[3]。

至於新詩方面，「雪花棧」有兩位詩人顧問秀實和林浩光坐鎮，會員的水平自然不壞。例如，愛寫詩的喵喵寫了一首很有趣的詩《打碎了》。究竟詩中的「我」，打碎了什麼？看完這七句詩後，讀者可以聯想到許多不同的東西。如果文學的其中一個功能，是啟發讀者的想像，這首詩已充分達到這個效果。

又例如，星霧的《窗櫺》，以行動不自由的「我」與自由飛翔的燕子互相對照，一個於窗內，一個於窗外，「我」只能「依伏在窗前」，看燕子「剪輯藍天白雲」，幻想海浪和岸邊的夕陽，最後的一段「活在窗內／每天／窺望窗外一切／彷彿世界封住我的心扉／當外面仍熱烘／海濤跟心跳一起停頓／一雙燕翼掉落窗前」，詩趣盎然。一個中學生能寫出如此高水平的詩篇，我們豈敢輕言香港詩壇缺乏接班人呢！

昨天，香港大學「青螢」雜誌的編輯約我做訪問，我們談到香港文學的前景和出路。我先引用資深作家東瑞的話 「文學必須走進校園」，再加一點補充「也必須走進互聯網」。

我相信，我這個看法是對的。

或許，將來撰寫香港文學史的人會為「雪花棧」開一個章節。

注

1 Chris Ebert Flench（1999）. Young adult authors on the internet, *Book Report*, 17（4）, p. 45.

2 Maggie Hammel（2003）. Slamming on the net, *Voice of Youth Advocates*, No. 26, p. 27.

3 編者按：歐亨利（O. Henry），美國著名小說家，小說結尾往往以出人意表見稱。

青少年文學為何一直以來不受文壇所重視？

青少年文學的發展未如理想，歸根究柢，是欠缺全面的文學理論基礎，人們把兒童文學和青少年文學混為一談，誤以為均屬兒戲之作，難登大雅之堂。

16 年輕人，你在讀什麼？

「雖說宇宙之大，蒼蠅之微，都可入文，但創作者鍾愛的還是更為『偉大』的人生，兒童文學畢竟是『小兒科』！」[1]香港教育學院的霍玉英博士曾如此慨歎。

作家雖多，願為兒童而寫的卻不多，願為青少年而寫的更少。

大家常抱怨香港青少年閱讀風氣不長、中學生語文水平每況愈下。中學生固然因功課太之忙、玩意太多而無暇閱讀課外書，可是，另一方面，可供青少年選擇的文學作品又有多少呢？

每次翻閱 Literature for Today's Young Adults ，我總會連聲感歎。

亞利桑那州立大學的兩位教授 Donelson 和 Nilson 自 1980 年起，每隔兩、三年便為此書撰寫修訂版，至今已是第六版了。除了論述各種青少年文學的理論，他們更把新近出版的青少年文學作品作一次分門別類的綜覽和評介。單就其分類項目，已令我讚歎不已。

Donelson和Nilson把青少年文學作品分為小說和非小說兩大類，又把小說類細分為冒險小說、懸疑小說、校園小說、超自然故事、歷史小說、西部小說、動物故事、科學小說、幻想小說、烏托邦小說、愛情浪漫小說、宗教小說、英雄故事等；至於非小說類，則包括詩、小故事、戲劇、幽默等。惟有作品的數量龐大且題材多樣，才需要如此仔細的分類，不然的話，簡單一項少年小說或成長小說，便足夠了。由此可見，「英文世界」的青少年文學的發展相當成熟。

反觀我們的「中文世界」，作家和作品的數量委實不少，卻找不到一部類似的青少年文學專著。有的，僅偏重於某種體裁如小說；或者在兒童文學理論書籍中聊備一格，略談一下青少年文學，甚至將兒童文學和青少年文學混為一談。我們寫不出類似的著作，欠缺青少年文學理論的支持是原因之一，更大的困難是，欠缺作品。

在文學欣賞的各個階段中，青少年文學正有「橋樑」的作用。隨着青少年的成長，青少年文學啟導中學生由兒童文學過渡至成年人的文學，並逐步發展出高水平的欣賞和批評的能力。[2]

中學生不可能滿足於《三隻小豬》、《小紅帽》一類的童話，若要他們閱讀成年人的文學作品，無論在心智、趣味、語文能力、分析能力等各方面，都感到格格不入。沒有適合的讀物，橋樑便會折斷，中學生對閱讀失去興趣，我並沒有感到意外。

南非大學的Fourie教授舉出八種令青少年成為「閱讀逃兵」的因素。選讀那些跟年紀、閱讀能力、教育程度不相稱的作品乃其中一項；此外，過分「教學化」亦會窒礙學生的閱讀興趣，這現象，香港甚為普遍。

近年，各中小學積極推動課外閱讀，本來是件好事，但有些老師把閱讀與功課掛鉤，例如交讀書報告、做工作紙等，此舉可能令學生的閱讀由嗜好、興趣變為一種負擔。Fourie更指出，在教室內讀課外書是一個削弱閱讀樂趣的安排。[3]可惜，在香港，「閱讀堂」明列在學生的上課時間表之內。

香港公共圖書館的「兒童及青少年閱讀獎勵計劃」所走的路向很正確。學生自行在閱讀紀錄冊內填寫看過什麼書，累積一定的數目，便到圖書館換取紀念品，工作紙不一定要交。想不到，圖書館這做法也遭人非議。有位家長投訴圖書館不應如此輕易送紀念品給學生，起碼要他們寫一千幾百字的讀書報告，才算過關。

面對這樣的投訴，我不禁仰天長歎！"Journal of Youth Services in Libraries" 編輯 Aronson 的話「青少年閱讀的真正障礙源於成年人」[4]，正好一針見血地形容那位家長。

到底什麼是青少年文學？不同的學科有不同的定義，就連青少年的年齡界定也各異。我是讀圖書館學的，自然採用圖書館學的説法。美國圖書館協會界定青少年的年齡為「十二至十八歲」[5]，約等於香港中學生的年齡。至於青少年文學，參考過幾位學者的理論，我認為青少文學應具備以下兩個基本條件：

(1) 以青少年為目標讀者的；及

(2) 青少年自由地選讀的文學作品。

中文青少年文學作品的「產量」雖遠遜於英文的，但可喜的是，佳作時有出現。就着個人偏愛，我舉出部分佳作，供大家參考。

《山羊不吃天堂草》曹文軒

作者是北京大學中文系教授，素有「中國少年小説代言人」之稱，既出版文學理論的專著，又從事文學創作，理論和實踐雙軌並行。此書以寫實的手法述説文革後的盲流故事，筆觸細膩生動，特別是巧妙地以四季景色的變換，來襯托主角的心靈轉折，文字功力深厚。

《阿濃與年輕人的真情對話》阿濃

愛情、學業、生活、文化、嗜好、生命等都是作者與幾位年輕人的對話範疇，他們的年紀差距雖大，但溝通全沒隔閡，一篇篇真情對話，令人再三回味。

《一米四八》胡燕青

這是一本典型的成長小説，觸及的青少年問題廣泛，例如外語教學、學童自殺、少年盜竊、轉校、單戀、失戀、父母離異等，作者為經歷相同境遇的少年讀者提供尋找出路的啟示。作者長期從事

語文教育及研究工作，對文字運用最為講究，而此書的語言中英夾雜，又有粵語等，可見只要運用得宜，這些「雜質」反令故事生動傳神，青少年讀來分外投入。

《十三歲的深秋》黃虹堅

作者細緻地描畫小女孩突然面對家庭即將破裂時的內心矛盾，尤其親情、友情和人性之間的衝突，令人印象深刻。此書另一個特點是，大量運用對話推展情節，技法高明。

《少年噶瑪蘭》李潼

作者運用「魔幻寫實」手法，寫出台灣原住民的故事，整篇小説以冒險的情節串連，在敘事和白描之間，插入神怪的處境，時而過去，時而現實，虛實交錯，節奏明快，扣人心弦。

《周蜜蜜夢斷童年》周蜜蜜

這是一本另類的「傷痕文學」，作者透過小學生的眼睛去看文革，小説裏盡是對世局的疑問，發人深省，讓青少年從另一個角度認識中國。

《嘉薰醫生探案》陳嘉薰

作者是病理學醫生，他把醫學知識和偵探小說合而為一，情節在情理之內，結局出乎意料之外，故事引人入勝。

注

1 霍玉英（1998年），《天宇星繁》，香港：牛津大學出版社，頁44。

2 K.L. Donelson and A.P. Nilsen (1989), *Literature for Today's Young Adults* (Glenview: Scott, Foresman and Company), p. 41.

3 J.A. Fourie, *Reading Motivation and the Teenager* (1998), Mousaion, Vol. 16, No. 1, p. 18.

4 M. Aronson(1999), Teenagers and Reading, *Journal of Youth Services in Libraries,* Vol. 12, No. 2, p. 29.

5 *YALSA Fact Sheet*, online available at www.ala.org/yalsa/about/factsheet.html

如何鼓勵更多青少年文學的創作？

從根本的文學理論入手，以理論支撐創作，讓作者和讀者都有可以依從的客觀準則。創作的人多，閱讀的人多，青少年文學自然蓬勃發展。

17 香港的青少年文學如何將青少年讀者推走

今天，香港中學的語文水平日漸下降，青少年閱讀風氣不長，已經是不爭的事實。香港青年協會在1995年進行的「青少年學習語文的現況及困難」調查，在537名成功被訪的青少年當中，有百分之四十表示中文程度欠佳，百分之十八點三在被訪的過去三個月內沒看過中文課外書，百分之九點八沒有看課外書的習慣。這些數字所反映的情況實在叫人擔憂。負責調查的研究人員的結論是「如果我們同意閱讀能夠改進青少年語文水平的話，則我們有需要在青少年中培養更濃厚的閱讀風氣。」[1]不錯，青少年多讀課外書對提高他們的語文能力是有直接的幫助；然而，如何吸引他們閱讀課外書，學校、家長、圖書館和作者現在所作的，似乎收效不大。

在未進一步探討這個問題前，我先為青少年文學下個最基本的定義，就是以青少年為讀者對象的文學作品。中、港、台三地的文藝工作者恰巧將青少年讀者的年齡界定為十二至十五歲[2][3][4]，西方學者的意見則為十二至二十歲[5]。兩種界定雖然相差五年，但中學生屬於這個讀者羣是可以肯定的。至於作品方面，青少年文學的涵蓋面相當寬廣，除學校教室外，舉凡小説、散文、詩歌、劇本、歷史故事、幻想故事、人物傳記等，只要青少年隨意選擇來讀，也可算是青少年文學作品。[6]

青少年文學的涵蓋面既然這麼廣，中學生理應很容易找到課外書，閱讀風氣亦不應如此衰落，可是香港目前的情況恰恰相反，故此問題的癥結在於中學生對閱讀課外書失去興趣。

地理學有一個關於人口流失的概念叫「推力及拉力」（Push and Pull）。比方有甲乙兩國，甲國存在着某些不利於生活的因素，例如內戰、饑荒、疫症、貧窮或天災等，這些因素形成推力，將甲國的人民推走。另一方面，乙國由於擁有許多優良的因素，例如經濟富裕、安定繁榮、就業率高、社會保障健全等，吸引甲國的人民遷入。而這些因素就是拉力了。

若援引「推力及拉力」來解釋香港青少年讀者流失的現象，我們可把青少年文學視作一個國度，看電視、唱卡拉OK、溜冰、瀏覽網頁及ICQ 等時下流行的玩意，以及中學生因忙於應付校內功課和公開考試而無暇閱讀課外書，都是將青少年從國度中拉出去的拉力。在飽受外來拉力影響之際，這個國度內部亦有將青少年讀者推走的推力。構成推力的因素有四方面：

欠缺適合青少年閱讀的作品

作者阿濃指出香港「最缺乏的是初中學生的少年文學」。[7]由於沒有足夠的青少年文學作品承接，在小學階段習慣閱讀兒童作品的小讀者，到升中之後，發覺閱讀空間突然變得非常小，繼續閱讀童話故事的話，會被同儕取笑為無知、幼稚；若閱讀以成年人為讀者對象的作品，無論在心智、語文能力、趣味等方面，都感到格格不入，於是在無書可讀之下，漸漸對閱讀失去興趣。

部分青少年文學作品偏重説教

青少年處於一個將成熟而未成熟的尷尬時期，他們需要適應從兒童成長至成人的種種心理和生理變化，有些作者往往抱持一種「教育任務」[8]，把成長的坎坷、見聞、喜悦、苦惱、困惑等題材刻劃出來，希望青少年透過閱讀，得到有益的啟發。可是，在表現手法上，卻不脱童話故事式的直接説教、訓誨。所謂「叛逆少年時」，情緒不穩定、反叛、衝動等都是青少年的「危機性格」[9]，說教味道較重的作品，會令反叛性格較強的青少年產生抗拒。另一方面，閱讀課外書的目的不一定是學習，青少年以閱讀作為一種消閒、娛樂，亦未嘗不可，如果每讀一本書，都要他們從中學些什麼做人的道理，最終只會扼殺他們的閱讀興趣。

青少年文學作品的題材狹窄

有些作者視青少年文學為一種「成長故事」[10]，創作的題材圍繞着青少年熟悉的事物如校園和家庭，或者塑造一個青少年角色為故事中的人物，以求引起青少年讀者的共鳴。其實青少年的閱讀要求並非如此狹窄，我們可從香港教育專業人員協會主辦的「中學生好書龍虎榜」的歷年最受歡迎書籍中得到一些啟示，當中固然有《阿濃的故事一〇〇》、《三C班仔手記》、《童年》、《補習老師》、《愛的教育》、《中學生的自我成長》等所謂「典型的」青少年文學作品，同時也有《撒哈拉的故事》、《福爾摩斯探案》、《三色貓》、《七俠五義》、《唐山大地震》、《霸王別姬》、《浮過生命海》、《醫生札記》、《老貓》、《流金歲月》、《天龍八部》、《日本如何侵略中國》等並非以青少年為故事人物，題材在校園和家庭以外的作品。故此，狹窄的題材不僅局限作者的創作，也令讀者對青少年文學有所誤解，更令推廣青少年閱讀的工作受到一定的障礙。

缺乏青少年文學理論

在中、港、台三地，關於兒童文學理論的書籍雖然不多，仍有少數頗具規模的，但關於青少年文學的卻少之又少，有的僅偏重於某種體裁的小説，或者在兒童文學理論聊補一格，略談一下青少年文學，又或者將兒童文學及青少年文學混為一談。由於缺乏理論的支持，青少年讀者、家長、教師、甚至文化團體，對青少年文學的認識都不足夠，於是一些屬於青少年文學的作品被歸類為兒童文學，例如《小冬校園》和《一米四八》的讀者對象都是中學生，卻分別獲得第四屆及第五屆香港文學雙年獎的兒童文學獎。這種不恰當的歸類，令原本數量不多的青少年文學作品更見薄弱，青少年讀者可以選擇的書目亦相應減少。

在香港這個商業社會，事事講求競爭，青少年文學要成功地抗衡外來的拉力，挽留讀者，實在並不容易，然而，還有產生自內部的推力，不斷將青少年讀者推走，青少年文學的前景看來並不樂觀。

小結

今天，導致香港青少年讀者流失的拉力及推力的「力量」都很大，外來的拉力非文學圈中的人所能控制，但內部的推力卻很值得我們反省。要把推力的效應減至最低，根本之法是有系統地研究香港的青少年文學，建立完整的理論，令青少年文學可以正常發展。這樣，對推動青少年的閱讀風氣，以及提高中學生的語文水平，亦起着積極的作用。

注

1 《青少年學習語文的現況及困難》(1995年)，香港：香港青年協會，頁9。

2 《兒童文學概論》(1990年)，成都：四川少年兒童出版社，頁17。

3 東瑞(1995年)，〈青少年人多一些〉《我看香港文學》，香港：獲益出版社，頁74。

4 段淑芝(1996年)，〈台灣少年小說家之發展〉《認識少年小說》，台北：天衛文化，頁271。

5 K.L. Donelson and A.P Nilsen(1999), *Literature for every Young Adults London Scott*, Foresman and Company, 13.

6 同上。

7 阿濃(1996年)，〈香港兒童文學的回顧與前瞻〉《香江兒童夢話百年》，香港：明報出版社，頁140。

8 同注2，頁19。

9 K. L. Mendt (1996), Spiritual Themes in Young Adult Books, *ALAN Review*, Spring (Digital Library and Archives), 3.

10 張子樟(1996年)，〈啟蒙與成長〉《認識少年小說》，台北：天衛文化，頁30。

融入本地社羣與尊重其他民族保留其文化傳統，兩者是否有矛盾？

沒有矛盾。新文化可為舊傳統帶來新的氣象和活力。我們的上一代，大都是移民。香港的進步繁榮，正是新舊、中西文化匯聚的成果。

18 序《衝吧！夢想少年》

梁天樂的《衝吧！夢想少年》令我想起另一本書《97 全港新移民徵文比賽：再植根苗文集》。文集內的作品述說了一個新移民的共同的經驗：

記得八年前，我剛移居加拿大時，也遇到一些不快的經歷。有一次，我輪候使用銀行櫃員機，正在使用櫃員機的白種女人突然轉身，請我站離她稍遠一點（當時我與她的距離在香港絕無問題）。另一次，我和一位香港朋友在公共汽車上用廣東話聊天，坐在前面的白種女人（又是白種女人）回頭粗魯地跟我們說：「你們要講中國話的話，就會香港吧！」

面對類似的問題，關鍵在於適應，自己既要適應人家的文化，也要讓人家適應自己。當然，這個適應不是一朝一夕的事，需要付出時間和努力，嘗試打破新移民和本地人之間的隔膜。可惜的是，有些新移民不僅不願作出嘗試，更在自己和新環境之間築起一道無形的牆；亦有些本地人戴起有色眼鏡看新移民。因而失卻許多互相了解的機會。

在梁天樂的小説裏，兩位從內地來港的新移民學生田澤和逸里，同樣遇到適應上的困難，逸里「一直在驕傲與自卑之間徘徊，跟田澤一樣作繭自縛；不同的是，田澤否定故鄉的一切，而她就沉溺於過去。兩者都是極端的錯誤！地域國界根本不重要，最重的還是做回真正的自己！」適應並非放棄自我，而是積極地以自己的「本事」，為新環境作出貢獻，贏得大家的認同。像小説裏的逸里，以其在國內省隊的排球水平，帶領校隊，奪得排球錦標賽的冠軍；又像文集裏的得獎者朱江明，以其又流利又標準的普通話，代表學校贏取全港普通話比賽的冠軍；在小説以外，還有許多大家熟悉的名字：齊寶華、吳小清、桑亞嬋……。

梁天樂以新移民學生對學習和生活的適應作為小説的主線，為專講愛情和友情的校園小説添進新的元素，在選材方面值得一讚。

我最喜歡小說的結局。田澤和逸里跟在香港土生土長的喬陽和籐島組成接力隊，參加班際接力賽。寓意深遠。香港是個包容性極強的國際大都會，一直吸納來自各地的精英，讓他們在各行各業裏盡展所長。這是香港的成功因素之一。當逸里等四人站上頒獎台時，我彷彿看見一個景象：中港兩地的人才，攜手共闖明天。

怎樣才算是一個「專業作家」？

我對「專業」的定義是，旁人看起來，好像沒什麼工作做，但若將工作交給那個旁人做，對方又做不來。這些工作很多，寫作是其中之一。

19 這個左鄰右里

我佩服醫生（那些濫開抗生素和亂賣精神科藥物的除外），更佩服寫得一手好文章的醫生，嘉薰醫生是其中一位。

能夠得到大學醫學院青睞的，都是成績優異的尖子（嘉薰醫生當年是會考狀元），我這種中學會考成績不過不失的，自然又佩服又羨慕。讀醫科，不同讀文學，醫科學生不會選修中文傳意、創意寫作、文學評論、小説研究等科目。所以，我們不會期望醫科學生將來從事文學創作。然而，嘉薰醫生正式執業後右手拿解剖刀驗屍，左手執筆寫小説，雙線發展，成為一個跨越杏壇的文壇高手。

當年在《突破少年》雜誌裏，我和嘉薰醫生是「左鄰右里」。每次收到編輯寄來的新雜誌，我總先讀了他的「嘉薰醫生探案」，才讀自己的「特工阿 Wing」。嘉薰醫生巧妙地把醫學與偵探學融入小説之內，故事引人入勝，我這個醫學門外漢讀得眉飛色舞兼手心冒汗，心裏佩服不已。

到了《血細胞麥高飛》，不難發現嘉薰醫生的小說技巧比前更進一步，他把各類細胞化作故事人物，把人體器官闢為故事場景，真是匪夷所思，聞所未聞，效果出奇地成功。故事的情節固然吸引，人體的奧妙更是吸引。在這本書裏，隨着麥高飛和程淑翩的冒險旅程，我們對肝臟、脾臟及睪丸的結構和功能，總算多少有點認識。其實，人體的器官不止這三個，還有許多許多，如此算來，麥高飛的冒險故事大可一集一集的寫下去；可惜，嘉薰醫生是個慢工出細貨的作者，他寫完一本書後，習慣蟄伏一段日子，安靜一下，才繼續創作。作為嘉薰醫生的讀者，我當然不希望等得太久；不過，作為「行家」（當然不是醫生行業），我明白作者不是寫作機器，需要休養生息，嘉薰醫生的「閉關」，實在是無可厚非，我惟有靜心期待他下一本佳作。

（編按：嘉薰醫生於2003年為《血細胞麥高飛》撰寫了續集《細胞情人歷險記》。）

學校所授的知識，是否一定和流行文化抗衡？

那要視乎是怎樣的潮流文化了，就以時下流行的 internet 為例，如果學生使用 internet 尋找資料學習，增加課外知識，或拓闊視野空間，老師當然要鼓勵；若學生藉此看色情網頁的話，老師便要加以糾正。

20

老師們，加油啊！

一口氣讀了四本有關教師的書：《教師求生手冊》、《教師加油站》、《失控教室》和《師生之間》，不禁對今天仍在教育崗位上盡忠職守的老師肅然起敬。

前三本書乃香港教師的經驗之談，最後一本則是舶來品，出自外國學者手筆，再翻譯成中文。常聽人説外國的教育制度完善、資源充足、每班的學生人數比香港的少、學生沒有功課和考試壓力、教師的工作輕鬆。這是真的嗎？《師生之間》第一章是一羣外國教師的對話，他們彼此抱怨制度不合理、學生無心向學、教育理想破滅、教師的尊嚴掃地等等，與前三本書的內容不謀而合，可見老師面對的困難無分中外。

我在加拿大讀書時，認識一位剛退休的中學老師，談及他的退休感受時，他慨歎道：「我剛從地獄裏走出來！」湊巧得很，《失控教室》的作者陳漢森亦以「人間煉獄」來形容教室。他說：

> 各種奇形怪狀的學生共冶一個教室，簡直是人間煉獄！這個煉獄可能隨時發生大爆炸，爆炸的殺傷力和範圍，很難預計。（頁 8）

在教室內，學生以四十比一的絕對優勢，時刻尋找機會去挑戰教師的權威，包括：言詞挑逗、指桑罵槐、集體起哄、粗言穢語、拍枱臭罵。鴉雀無聲的教室，正襟危坐的學生，在我們的社會裏，似乎已是明日黃花。

社會在不斷變化，人要作出相應的調整，才能適應生存，教師亦一樣。要是還沿用體罰時代的教學方式，只會加深教師與學生、或與家長間的對立，對於提高教學質素，改善學校秩序，無補於事。

這四本書的作者均就他們的經驗，提供了不少授課心得和應變技巧，不僅是新晉教師的借鏡，家長和學生更應一讀，至少他們可以體會老師的勞苦和處境。

學生的問題十分多，例如無聊搗蛋、懶惰成性、心智幼稚、家庭破碎、生理缺陷、過度活躍等，每一種都為老師帶來不少煩惱。不過，最棘手的，首推黑學生。陳漢森曾當過中三「輔導班」的班主任，二十五名學生中，有十名跟黑社會有關，這個數字實在驚人。

何以有這麼多年輕人願意加入黑社會？

我想起電影《古惑仔》其中一幕，鄭伊健飾演的陳浩南奉「大佬」的命去殺一個黑幫仇家。編劇乖巧地在陳浩南下手前，安排那黑幫仇家非禮按摩女郎的一場戲，突出他可惡的一面，使觀眾覺得這人是該死的，於是為陳浩南接着把他殺死，埋下一條「合理化」的伏線。可是，陳浩南並非審判者、行刑者，不論這人如何死有餘辜，無人能對他執行替天行道式的私刑。如果這個社會，每個人都是審判者、行刑者，想一想，這將變成一個怎樣的世界？

《古惑仔》電影系列很受年輕人歡迎，令人擔憂的是，這類電影為年輕人帶來一個可怕的誤導：黑社會分忠和奸兩類。陳浩南代表忠的黑社會分子，他重義氣，尊敬「大佬」，照顧兄弟，當然還

擁有一張俊朗的臉孔；而吳鎮宇飾演的「靚坤」則代表奸的黑幫分子，他不講信用，出賣兄弟，欺凌弱小，面目可憎。驟眼看來，二人的分野很大，可是，他們的所作所為沒有分別，都是打人、殺人，同樣是犯法的勾當。然而，在電影導演的悉心包裝下，年輕觀眾卻為陳浩南的犯法行為歡呼喝采。

雖然陳漢森和他的同事對處理校內的黑學生素有辦法，不過，單憑教師的力量足夠與整個潮流文化抗衡嗎？學生若普遍地把黑社會文化、或近似黑社會文化帶進校園，學校將變成什麼模樣？

撇開「壞」學生不談，「好」學生的情況又如何？每天放學後，不少學生到圖書館借還書籍。這些學生主動到圖書館去借閱課外書或找資料做功課，應該可把他們歸入「好」學生的行列。可惜，有些學生在圖書館裏的表現實在使人失望，他們經常三數人聚在一起高聲談笑，給其他讀者帶來滋擾。在圖書館裏保持安靜，乃人所共知的規則，等如在教室內不能喧嘩、在空調車廂不准飲食、不可隨地吐痰、依照燈號過馬路。實際上，知道是一回事，行與不行又是另一回事，不僅學生如此，連部分成年人也是如此，可見人的倫理觀念愈來愈薄弱，這更顯出教育工作的重要，正如《師生之間》的作者所言：

一些倫理觀念如責任感、尊重、忠心、誠實、慈悲心懷、惻隱之心等，都不能直接教導，而是要在實際生活中從所尊敬的人學習……（頁 115）

十年樹木，百年樹人，教育並非一朝一夕的工作，也非教師一人的責任。家長能否配合，制度是否健全，都是重要的因素。

幾位本地作者不約而同地把問題歸咎於制度上的缺失。九年免費教育把大量程度不足、又不想讀書的學生迫進校門，而校內的分流編班把所有問題學生集中於某一、二班內，與可憐的教師作困獸鬥，加上被批評為「見死不救」的教育署未能為前線的教師提供及時支援，於是，教師所能做到的，相當有限。

《教師求生手冊》的作者更披露學校的管理階層常對教師作無理的挑剔，以及提出種種苛刻的要求。本來頑劣學生、橫蠻家長已令教師大感頭痛，再加上校方高層由上而下的壓力，教師夾在中間，真是苦不堪言。

在一片前景暗淡，心灰意冷之際，《教師加油站》的作者趙志成於書末提到教育使命。他說：

我投身師範教育已十多年，時常思考師範教育的路向。教育是對人的事業，重視人性，貫徹做人之道，提倡全人教育，以至維護人權、保障自由、追求公義民主等，這不正正就是師範教育的使命麼？（頁 165）

這個偉大的使命可以令身心疲憊的教師重新振奮嗎？大家都期望可以。老師們，加油啊！

閱讀也是一種溝通嗎？

當然是啦！我現在不是透過文字與你進行溝通麼？若有興趣，你也可以用文字向我作出回應。

21

讀君比，談溝通

代溝是社會學和教育學上一個重要的研究課題。人與人之間，由於性格、信仰、職業、教育程度等的差異，即使是同輩，亦難免存着隔膜，更何況代與代之間，年紀差距更大，鴻溝就更闊了。於是，父母不了解子女，學生不體諒老師，產生很多家庭衝突、校園糾紛。如何去打破這個隔膜，在鴻溝上架起橋樑？這一直是大眾關心的問題。

如果我說溝通是消弭代溝的第一步，相信大家都贊同，然而，如何才達至有效的溝通？則是一個令人頭痛的問題。

成功的溝通靠賴雙方願意付出誠意、時間、和耐性去彼此剖白。聽起來很簡單，然而，當實行時，就算同屋共住的母女，若其中一方不肯合作，溝通便會失敗，而隔膜則愈積愈厚。君比寫的故事〈不愛家的女孩〉便是個好例子——

自母親與男友遠走高飛後，惠萍跟父親、祖母相依為命，後來父親娶了後母回來，還添了個天生失明的妹妹。惠萍覺得家人對自己的關心漸漸減少，遂變得脾氣暴躁，蠻不講理。十三歲生日那天，當她踏進家門時，看見後母喝罵祖母，她立即上前與後母理論。這趟父親竟幫着後母，在爭吵間，她還遭後母摑了一巴掌。之後，惠萍更加放縱自己，以不回家、逃學作為發泄。

故事的轉機是一次真誠的溝通。後母向惠萍述說了衝突當日一些惠萍沒看見、沒聽見的實情，惠萍這才明白原來家人是多麼的愛她。她自白：「幸好上天給我機會，讓我能夠與後母詳談一夜。否則我不會知道，原來自己一直身在福中不知福，家人對我的疼愛，我竟不懂收受，反而作出無數次忤逆行為，令家人傷心。」（《Miss愛的故事》，頁 75）

後母願說，惠萍肯聽，溝通自然水到渠成。由此可見，聆聽是溝通過程中，不能或缺的部分。英國學者Bob Myers在 "Parenting Teenagers"（暫譯作《照顧青少年》）書中為了強調聆聽的重要，特別舉出一個類似邏輯學的三段論去說明：

（1） 如果你不聆聽，你便不能真正明白別人講什麼；

(2) 如果你不能真正明白別人講什麼，你便無法領會人家的意思；

(3) 溝通是意思的交換，所以，如果你無法領會人家的意思，你們之間就沒有溝通了。（譯自 "Parenting Teenagers"， 頁 73）

在〈放火的少年〉裏的一對父子間的溝通就徹底失敗了。他們平日很少談話，後來「變得無話可説，有事要談，總會吵架收場」（《Miss 愛的故事》，頁 40），於是，雙方由缺乏溝通惡化至積怨懷恨，做兒子的竟縱火燒父親的貨倉，實乃為人父母者的鑑戒。

有時溝通可以透過非言語方式（non-verbal）進行，好像君比另一篇小小説〈閱〉裏的學生，他在週記上向老師表達不滿：

吳Sir：老實説，我很討厭你。你不單止講書沉悶，而且完全不關心我們。無奈你是我們的班主任，我們還是要聽你的話。然而，上你的課實在太痛苦了，倘若你能允許我在你上課時出去打籃球，就請如常在這篇週記的右下方寫個「閱」字。謝謝！（《覓》，頁 23）

學生已主動踏出溝通的第一步，可惜無心批改的老師看也不看，照例紅筆一揮，在週記上寫個「閱」字了事，於是學生乾脆離開教室去打籃球。

讀了〈閱〉這個令人忍俊不禁的故事，讀者多會同意代溝的形成，錯不一定在少年人，特別是傳統觀念階級濃厚的師長，往往由於不肯放下尊嚴，而阻塞了溝通的渠道。所以， Bob Myers 主張長輩和晚輩作「同等階級交談」(talk on the same level)。〈豪放女〉中的老師便以朋友的態度跟搗蛋的女學生交談，慢慢啟導她不可在課堂上作滋擾的行為，結果比「一堂罵三次」的責罰方式奏效。

另外，Bob Myers 鼓勵雙方在交談時，保持「眼睛接觸」(eye contact)。可能，有人覺得定定的看着人家，或被人家看着，很難為情，然而，在談話時左顧右盼，給人的印象是：欠缺誠意、不尊重對方、不想談下去。

誠懇地看對方，或者以欣賞的態度去看對方為自己所作的，同樣令對方感到備受重視，可惜忙碌常常令人忘記這重要的一望。誰也想不到，就是少了一眼，竟引致女兒離家出走。〈君比〉裏的母親一天發覺向來沉靜的女兒無故失蹤，她到處尋覓，整整一年，依然音訊全無，失蹤的原因像個謎。後來，母親閱讀女兒遺下的作文，發覺女兒曾多次向她表達心意，包括：為她煮愛吃的早餐；送自己喜歡的歌曲盒帶給她等等，可是，女兒的心意，母親沒看過一眼，早餐給別人吃了；盒帶當着女兒面前轉送他人。母親回想平日忙於工作，甚少與女兒交談，至於交談時所需的「眼睛接觸」，更加少之又少，她對女兒的事一無所知。有機會補償嗎？君比在小說中沒有交代，不過，恐怕已經太遲了。

君比與母親的關係，當然較〈君比〉裏的母女親密得多，讀過君比母親為女兒的小說寫的序言，不難體會到她們之間是毫無隔閡。君比由看《兒童樂園》開始，到小學、中學時參加徵文比賽；上「小說創作課程」；赴美升學；參加青年文學獎；至回港執教中學等，母親與她並肩而行，一直在女兒的成長路上分享她的喜與愁，實在令人又羨又妒。

更難得，君比關懷那些被人忽略的少年人，以細膩的筆觸去道出他們的感受，代他們向長輩呼籲：「我們需要與你們溝通。」

忙碌的家長和老師們，你們願意暫時放下工作，坐下來坦誠地與少年人交談一會嗎？

為什麼說「閱讀是再創作」？

從前我看《天龍八部》中的喬峰使出「降龍十八掌」時，腦海中便出現一個雄糾糾的喬峰，以及他使出「降龍十八掌」時的姿態氣勢。不過，你腦海裏的喬峰，跟我腦海裏的喬峰，肯定不一樣，大概我的似梁家仁，而你的像黃日華，甚至比金庸當年所想的更精彩。所以，閱讀是在作品的基礎上再創作。我向來不主張朋友不看原著，只看原著改編的電視劇，因為演員的演出模式，造成一個框框，大大局限了觀眾的想像。

22

〈第十七種味道〉——
談陳文威的兒童文學創作

有些人以為兒童文學屬毫無難度的幼稚作品，存着這種觀念的人，請先讀一下陳文威的小說。

〈第十七種味道〉是陳文威其中一篇兒童小說的名稱，故事簡單而有趣。主人翁是位叫惠絲的女孩，她受了電視廣告的吸引，想吃那種有十七種味道的朱古力，於是怯怯懦懦地致電三叔，請他帶一盒來拜年，三叔爽快地答應了，可是，惠絲卻很不安，她的心「愈來愈不舒服，想再給三叔打電話」。最後三叔果然送來一盒朱古力，惠絲本應感到高興，但她竟「笑不起來」。作者以「她垂着頭」一句作為故事的終結。面對三叔和朱古力，惠絲心裏想着什麼？是後悔主動向人家要東西？還是為了明知廣告「說謊」，仍要三叔花錢而自責？抑或是深受三叔的厚禮所感動？作者沒有說明，留待讀者和惠絲一起咀嚼那「第十七種味道」。

兒童文學作品若純粹為說故事而說故事，便重於娛樂性而欠缺教育性；若過分偏重說教，例如在故事裏加插一段「這故事教訓我們什麼什麼」，便會顯得畫蛇添足，呆板乏味。如何於娛樂和教育間取個適度的平衡？在陳文威的作品裏，不難發現兩種具心思的處理方法：(1)把教訓藏於故事中，待小讀者自行發掘和體會；(2)為故事配上有趣的插圖和一小段暗示性的文字，如「智仔智女專有的書」系列的〈在耳邊說的話〉，慢慢地引導小讀者思考其中的教訓。陳文威較多採用第一種方法，他希望小讀者反覆細味故事的深意。他說：

> 我寫兒童故事，喜歡留有餘地，讓讀者自己去想一想……今天想一想，明天想一想，讀者們便更有智慧，也更可愛了。（《好玩的爺爺・序》）

寫是創作，讀是再創作，哪個小讀者沒有幻想？一件玩具、一個人物、一隻昆蟲，都為他們帶來無窮的想像。陳文威筆下的小朋友也具有這種特性，〈武林高手〉中的志真和曉心是個好例子，他們兄妹倆無意中發現一位老婆婆大清早站在天台上，猛烈的北風「把老婆婆的頭髮吹得不住地飛舞。她的臉孔向街道的一端，動也不動，恰如一尊戴上了假髮的石膏像。」（頁 8）兩兄妹試圖解釋這老婆婆為何不怕「針人的北風」，靈巧的小腦袋竟想出：假人、她在生氣、她傷心鳥兒飛走、武林高手……等古怪的念頭。好奇的小讀者可能還有更多別的趣怪理由。有限的經驗和無限的童真正是孩子可愛的一面。陳文威既能觸摸孩子的心事，又讓他們不受拘束地自由想像，對啟發他們的思考和創造力大有裨益。故事發展到這裏，陳文威的筆鋒一轉，把小讀者由天馬行空的幻想帶回現實生活，引導他們思考更實在的教訓。他藉爸爸的口道出一個感人的故事：一對年老相依的夫婦，丈夫是位晚上工作，早上下班的看更，行動不便的妻子每朝都站在天台上盼望丈夫回來。

陳文威的兒童小說並非王子公主式的美麗童話，而是有血有肉的真實故事，從而引導小讀者關心自己、家人、朋友、社會，具有深切的教育意義。志寬和曉心開始擔心老婆婆的身體，又憂慮父母的健康，同樣地，小讀者也會因這故事而想到自己的父母呢！

在陳文威的小說世界裏，充滿着父慈子孝、兄友弟恭、朋友相親、夫妻相愛、尊敬師長、保護公物等美善的場面，例如：〈傑作〉中招輝的公德心；〈加班的爸爸〉寫父愛的偉大；〈威風的爸

爸〉裏的一對兄弟海波和海安互相幫助和鼓勵；〈愛心比賽〉裏朱玉的正直、勇敢、關懷別人；〈三天三夜〉寫母女間的親情……都是細膩真摯，令人難忘的佳作。故事本身就像一面鏡子，小讀者透過故事反省自己的行為，從中學習待人處事應有的態度。可能有人會認為這類老套的題材不合這個一味要夠 Yeah 的年頭，然而，這些品德教育不正是天下父母對子女的期望嗎？

寫兒童文學具相當的難度，既要考慮內容的深度和情節的可觀，還要顧及遣詞用字，是否適合兒童的知識水平和理解能力，要做到長話短說，淺白生動，的確是一門學問。陳文威的文字活潑、流暢、準確，無論描寫、敘事和對話都恰到好處，適合小孩子閱讀。除了小說和散文外，在他的「智仔智女世界」系列中，陳文威寫了不少調子輕快，內容親切的詩歌，例如：

〈玩氣球〉

我和媽媽玩氣球

我笑

媽媽也笑

我叫

媽媽也叫
我跳
媽媽也跳
氣球樂得
蹦上半空了

〈扮鬼臉〉
扮鬼臉
扮鬼臉
狗兒豬兒齊出現
扮鬼臉
扮鬼臉
先生來了都不見

配合優美的插圖，陳文威為小讀者帶來無窮的閱讀樂趣。如果他們能細嚼文字背後的味道，那麼，也會為陳文威帶來無窮的寫作樂趣吧！

抬起頭看見了……祂

這篇文章於1999年在《時代論壇》發表後，曾引起一些爭辯，同是基督徒，有人指責你，有人認同你，你有何回應？

記得我在滿地可讀書的時候，每逢週五晚都到朋友家查經，參加的大都是外國學生，大家的種族、文化背景也不盡相同。我們亦難免會遇到富爭議性的內容，朋友叮囑我不要跟他們爭論：「要爭辯的話，讓他們自己跟神爭辯好了。神要奪取的是他們的心。」

漸漸地，我那些不信耶穌的查經班「同學」對基督教的看法有明顯的轉變。神工作時，不管人如何頑梗，總會降服於祂的大能下。

23

信仰不是辯論賽——

答《李天命的思考藝術》中兩個問題

有位年輕人讀完《李天命的思考藝術》後，引其中兩個問題「請教」我：

(1) 無所不在的上帝是否在我們的耳朵、大腸之內？

(2) 無所不能的上帝能否造一塊祂舉不起的石頭？

問題是李天命在1987年中文大學校園辯論中向對手神學家韓那發的，那次的辯題是「相信神的存在是更合理嗎？」結果是李天命代表的反方得勝。整個辯論過程，以及有關的評論都收錄在《李天命的思考藝術》內。

這兩條問題都教人無法回答。若第一題答是，那麼上帝便與耳垢、糞便同處；若答不是，上帝便不是無所不在了。至於第二題，源出於哲學、數學大師羅素，同樣地無論答能或不能，都否定上帝無所不能，因為當你答能時，即有一塊石頭上帝舉不起，當你答不能時，即有一塊石頭上帝不能造。

語理分析、邏輯、辯論統統是我的弱項，要我跟人在什麼概念、定義、詭辯、三段式中逐字逐句翻來覆去地糾纏不清，我乾脆扯白旗好了。

辯論我可以扯白旗，信仰就絕不可以。

李天命的所謂「無所不在」、「無所不能」，甚至「無所不知」、「無有不善」之類，不錯是上帝的屬性，可是，上帝就只是這樣的嗎？

當人發現上帝的屬性，或者上帝讓人發現祂的屬性後，人便用人的識見去了解，用人的言語去表達，無所不在、無所不能、無所不知、無有不善等都是人所能運用的詞彙中表示至大能力的終極；然而，人的終極並不等於上帝的終極，上帝的作為每每超乎人的想像，我們斷不能用人有限的想像去規範上帝的無限。我想起寓言《瞎子摸象》，摸着象腿的說象似根柱，摸着象尾的說象似條繩，他們都沒錯，錯的只是不夠全面，因為他們從未見過象。同樣地，我們對上帝的認識也欠全面，聖經說：「從來沒有人見過上帝」(〈約翰福音〉一章十八節)，所以無所不能等僅是祂的部分屬性，不是全部，以部分規範全部是不恰當的。

我再舉一個聖經的例子，使徒約翰在〈啟示錄〉裏記載許多末世的戰爭景象，他提到「蝗蟲的形狀，好像預備出戰的馬一樣，頭上戴的好像金冠冕，臉面好像男人的臉面，頭髮像女人的頭髮，牙齒像獅子的牙齒。胸前有甲，好像鐵甲。他們翅膀的聲音，好像許多車馬奔跑上陣的聲音……騎馬的胸前有甲如火，與紫瑪瑙，並硫磺。馬的頭好像獅子頭，有火，有煙，有硫磺，從馬的口中吐出來。」有解經家認為約翰寫的是戰鬥直升機和坦克，假設他們的理解正確，為何約翰不直接寫直升機和坦克，要花這麼多篇幅作一大堆含含糊糊的描述？理由很簡單，那時候，在人類的知識裏，根本就沒有飛機和汽車。我相信約翰已挖空心思，用盡他所知的詞彙，把眼前的異象表達出來，奈何人無法全整地表達超乎人所理解的事物，所以無所不在、無所不能、無所不知、無有不善不一定足以概括上帝的大能。韓那說的不錯，李天命只是建立一個稻草人，一個諷刺的描述，跟着將它擊倒，並沒有擊倒基督教信仰。

我說這一大番話，旨在說明信仰不是辯論賽，而是個人的親身經歷，上帝是否存在，不能從辯論賽中找到答案，如果那場校園辯論的勝方是韓那，李天命會心悅誠服地相信上帝嗎？恐怕不會。

我愛用吃蘋果比喻信耶穌。我跟你說：「這個蘋果又爽又甜又多汁。」要證明我是否正確，直截了當的方法是你也吃一口，可是你不但不吃，反而花時間辯論爽、甜、多汁的定義，探討蘋果的概念，分析你我的牙齒結構，化驗蘋果汁的糖份和濃度，考究蘋果皮的色澤等等，不管論點如何精闢、論據如何充分、方法如何科學、立場如何客觀，你始終沒有體會蘋果的可口。同樣地，若你一味大談「無所不能」的矛盾，區分理性與信仰，分辨宗教經驗的強弱，釐清上帝的意思 ，你始終沒有體會耶穌的可信、可愛、可敬、可親。只要信靠耶穌，與祂建立關係，上帝的存在自然無庸置疑。

幾年前，我遇到一件痛苦的事，無助地坐在禮拜堂裏，對着十字架流淚，突然，我看見十字架上有一雙手，手被釘穿，淌着血。在我的腦海裏，同時有一把聲音對我說：「你痛苦嗎？耶穌比你更痛苦；你覺得委屈嗎？耶穌受的委屈比你更大。耶穌受苦受屈，全是為了你。」我立時從痛苦裏釋放出來，一切一切都變得無所謂，因為我有了上帝。

每位得救的基督徒都有類似的經歷，如果你要我交出客觀的、科學的、合邏輯的明證，證明不是幻覺、錯覺，證明不是胡思亂想、神經錯亂、心理作用，證明那雙手是屬耶穌的。對不起，我無法辦到。

如果你打算跟我辯論：無所不在的上帝是否在我們的耳朵、大腸之內？無所不能的上帝能否造一塊祂舉不起的石頭？我也要說一聲對不起，因為我對此等的辯論興趣不大。

如果你想跟我一起追求、認識上帝，我非常樂意和你一起讀聖經、祈禱、上主日學。當然更直接的方法，是你謙卑地低頭，誠心地向上帝禱告：「上帝啊！是否真的有你，求你向我顯明。」

文學創作應刻意傳達信息嗎？

傳情達意是文學作品的必然任務之一，沒信息的作品，讀過後也不知作者想說什麼，簡直浪費讀者的寶貴時間。至於信息的傳達是否刻意，就視乎作者的技巧和讀者的理解能力了。領悟力強的人可以從字裏行間捉着作者的心意，相反，領悟力弱的人，即使作者把意思清清楚楚地寫出來，也看不明白。這本書現在你已讀了一大半了，你覺得我的表達手法是否刻意？你的領悟力高不高？

24

畢華流小説裏的基督情意結

畢華流是位多產的作家，自第一本小説《主席手記》開始，筆耕不輟，幾年間寫了一系列的校園小品、幻想故事、愛情短篇和偵探小説，都是少年人深愛的課餘讀物。畢華流又是位基督徒，在他奇異多變的小説世界裏，在諧趣幽默的筆端背後，不難發現那種信徒對基督獨有的情意結。他説：

我的信仰，決定了我的生活，我的生活，也被貫注了在我的寫作當中，這三者於我，怎説都有種千絲萬縷之感。(《在卓越和平凡中間》，頁 188)

這種情感源於神與人之間的愛。《聖經》告訴我們，神愛世人，不分性別、年齡、種族或職業，一視同仁；而人對神的回應，除了懷着感恩的心去領受外，還按各人不同的能力和特質去為神作工，例如傳福音、作見證、讚美神等。善於寫作的畢華流，自然以

文字去回應神的愛，短篇小說《我是羊》正是他「當然的一個回應」。（頁 158）

《我是羊》是一頭叫花班的羊的自述。花班不甘心在羊圈內受着牧人的管束，偷偷地離開那片豐盛的青草地，去尋找自己的世界，不幸走迷了路，還遇上兇暴的狼。正當危急之際，牧人趕到，救了花班，但牧人卻犧牲了寶貴的生命。畢華流透過這個簡單的故事，描繪出那殊不簡單的愛——犧牲的愛。耶穌說：「我是好牧人，好牧人為羊捨命。」（〈約翰福音〉十章十一節）耶穌為擔當世人的罪，被釘死在十字架上，正是這愛最有力的行動。

主日學教師常教小朋友唱「耶穌愛我，我知道，因為《聖經》告訴我！」其實，《聖經》除了宣告「神就是愛」外，還啟示了神其他屬性。畢華流喜愛閱讀那六十六卷《聖經》至「沉醉」和「迷醉」的地步，自然體會出神好些屬性來，發而為文。在《荒原三步曲》：《少年遊》、《女兒行》、《妖獸陣》等三本歷險幻想小說裏，神的屬性鮮明突出：

神是永恆的

神向摩西的自我介紹：「我是你父親的神，是亞伯拉罕的神，以撒的神，雅各的神。」（〈出埃及記〉三章六節）無論在什麼年代，人所仰望的，都是同一位神，歲月流逝，神卻永恆不變。同樣地，由《少年遊》的康守時，《女兒行》的康健男（康守時的女兒），到《妖獸陣》的銀臉客，橫跨二百五十個年頭，他們所經歷的，都是同一位「全能者」——神。神脱離時間的框框，既無過去，也無未來，不受時間的支配和限制。

神是不可測度的

人經常提出「神為何容讓世間有這麼多不如意的事發生」一類令人困惑的問題，畢華流藉魔法師萬象的口解答：

「全能者的旨意奇妙，非凡人可以測度。試想想，祂讓國度嘗那麼多的苦，又招聚了那麼多外敵內奸進國度，並不是想削弱國度，反倒是想國度更強大！更能符合祂的心意去行！拔出固然有時，栽種也有時；同樣，招聚有時，分散也有分散的時候。」（《妖獸陣》，頁 30）

人怎能以有限的智慧去測度神無限的作為呢！

神是信實的

保羅在《聖經．帖撒羅尼迦後書》三章三節說：「但主是信實的，要堅固你們，保護你們脱離那惡者。」《荒原三步曲》的主線是正邪相爭，邪惡勢力籠罩大地，神的子民只能憑着信心和祈禱去抗衡。弱女康健男孤身遠走異域，無時無刻都向「全能者」禱告求助，倒像《聖經．撒母耳記上》中大衛逃避掃羅追殺的情景。故事最後的一場野果地之役，畢華流更引大衛所寫的《聖經．詩篇》二十三篇：「在我敵人面前，你為我擺設筵席」，作為這正邪大決戰的序曲。康健男一方得神的幫助，以五千人戰勝敵方五十萬人，可見神會照祂的應許，保護每一個屬祂的子民。

神是公義的

彷彿活在另一個時空的「全能者」在《荒原三步曲》最後的一章顯現人間。那時候，魔法像瘟疫般橫行，人心中的罪性彰顯，都變成妖獸，互相吞吃。銀臉客護着少主亡命天涯，不幸被黑龍王趕上，「全能者」以耶穌基督在《聖經．啟示錄》中公義的形象出現：

為首的那一位臉上的光芒更是如同烈日，祂的頭與髮都如白羊毛，眼目如同火焰，祂就是被稱為全能者的獨生兒子

的那一位吧！祂就是萬軍之王，萬主之主，祂帶着祂的使者們，拯救屬祂的人來了。（《妖獸陣》，頁 180）

祂命令黑龍王退去，又溫柔地鼓勵銀臉客繼續完成他的任務。

在《我是羊》和《荒原三步曲》中，畢華流把神的屬性直接描畫出來，作為小說家，尤其畢華流這類不斷拓闊創作空間的小說家，不會讓自己停留於特定的寫作模式裏。在科幻小說《懸空海之戰》，他便以曲筆寫出神的創造和掌管生命的權能。

《懸空海之戰》是一場宇宙的三國戰爭，小說除了卷首的楔子「上帝將北極鋪在空中，將大地懸在虛空」（〈約伯記〉二十六章七節），再沒有片語隻字提及神。然而，這節《聖經》十分重要，不論三國如何明爭暗鬥，動用多少先進的武器，絞盡多少計謀心思，他們都是在神創造的宇宙裏活動。

經過連番惡戰後，故事發展到尾聲，中印大陸聯盟的向高禾在懸空海擊敗了敵人，率領艦隊回國。當時，向高禾手握軍權，又獲得第一階議員的叛國證據，正盤算如何登上國家的最高領導位置，甚至稱霸宇宙。不料，一場毫無先兆的宇宙風暴颳來，把艦隊吹散了，向高禾與全體官兵都全神貫注地應付暴風，沒有察覺一艘由幾個逃犯駕駛的潛型艇闖進了他們的領空。故事諷刺得很，身經百戰的向高禾竟被這些未受過正式軍訓的逃犯發射二枚魚雷殺死，他的一切功績、前程頓成虛空。不論人的謀劃如何周密，勢力如何強橫，面對那位全能的創造者時，就顯得非常渺小。人兩手空空的來，同樣地，不能把世上的名利帶走，惟有把生命與創造者聯合，才找着生命的真諦。

就情節鋪排來說，在現實生活的愛情小說裏，處理關於神的素材，會較在幻想歷險小說裏困難，然而，畢華流寫〈小獅子與白綿羊〉和〈恨不相逢〉兩個愛情故事時，巧妙地在男女情愛的層面上，加上另一個更高層次的愛——神奇妙的愛。

〈小獅子與白綿羊〉講述少女思芷被年輕基督徒俊寧的溫文吸引，後再從俊寧和其他基督徒身上，認識到基督的愛，故事輕鬆幽默，描寫思芷信耶穌的心理變化十分細緻。

乍看〈恨不相逢〉，讀者多半以為是個病人與護士相戀的老掉牙故事，可是，畢華流藉醫院內其他患肝病、腎病的病人，引導讀者思想：

用健康去換完美的愛情，換不換？

用生命去換完美的愛情，換不換？

用親情去換完美的愛情，換不換？

用良知去換完美的愛情，換不換？

用靈魂去換完美的愛情，換不換？（《嫁娶如常・恨不相逢》，頁 157）

最後，男主角把其中一個腎捐給別人，賺了讀者不少感激的熱淚，亦贏得護士小姐的芳心。然而，神對人的愛呢？基督耶穌為人的犧牲呢？都值得讀者一再深思。

畢華流對信仰那份執著，不僅決定他的生活，還影響他的寫作。基督的愛貫注他的作品當中，無論是輕鬆的愛情小品，抑或是詭異的歷險故事，畢華流都引領讀者去探索和思考人生的終極歸宿，這正是他的小說裏最具深度的部分。

文人的傲氣是必須的嗎？

不僅文人，每個人也應有一點傲氣，這是自信、能力、尊嚴的表現。無能之輩任人欺侮，懦弱的國家被人侵佔國土，連半聲也不敢哼，均是要不得。當然，我們的傲氣應有所節制，過分了，膨脹了，便變成驕傲，亦是不應當的。

25 敢將自己比耶穌——

十年後再讀李敖

1984 年，我讀中文系二年級，同學介紹我看李敖的書（這位同學在中學時已開始看，我實在後知後覺），我一看過癮，再看佩服，三看着迷。過癮，李敖精於罵人，凡被他鎖定為攻擊對象的，不管是高官、學者，不論是中外古今人物，必難逃他的口誅筆伐。他罵得過癮，我讀得過癮；佩服，李敖博覽羣籍，思路敏捷周密，對資料搜集和剪裁的功夫又獨到，當評論事件，月旦人物時，旁徵博引，證據確鑿，令人佩服；着迷，李敖四面樹敵，惹來多方反駁，一場又一場的筆戰，自然引人入勝，加上他曲折多變的人生，特立獨行的作風，驃悍凌厲的筆鋒，俠骨柔腸的情懷(尤其對美麗的女性)，令他的作品披上一層迷人的魅力。從那時候開始，只要是李敖寫的，或者有關他的書，我總不會錯過。

至 1987 年，我買了一本《李敖自傳與回憶》後，才停止讀李敖的書，因為看了幾年，漸漸有種膩的感覺；而且我與李敖所追求的截然不同，再看下去，對個人的學養並無幫助，遂與李敖作品説聲再見。屈指一算，已是十年前的事。

最近，逛書局時，發現一本新出版的《李敖回憶錄》，翻一下目錄和內文，與家中的《李敖自傳與回憶》差不多，然而，我還是買了一本。四百九十一頁的書，兩天讀完，感覺很是愜意，像跟老友敍舊（這只是我一廂情願的感覺），一別經年，李敖仍舊是李敖，風采依然。

從書中知悉李敖一些近年的經歷，當中，最令我佩服的人物，並不是李敖本人，而是已故東吳大學校長章孝慈。章孝慈是台灣蔣家的第三代。李敖罵章孝慈的爺爺蔣介石罵得最兇。尤其《拆穿蔣介石》一書，李敖視為對蔣介石「鞭屍」之作，而且「旁及其妻其子，無一倖免」（頁 471）。章孝慈卻在 1993 年聘李敖到東吳講學。李敖在頭一堂課便來個「下馬威」，當眾痛斥蔣介石、蔣經國父子，章孝慈仍本着兼容並蓄的大學教育精神，任李敖在東吳自由發揮，一教便三年，直至章孝慈病逝北京。李敖「佩服章孝慈的膽量和度量」（頁 433），我更佩服章孝慈坦蕩蕩的君子之風。

在《李敖自傳與回憶》裏，關於李敖的生平：在哈爾濱出生；在北平和上海度過童年；在台灣接受中學教育；入讀台大歷史系；從軍；主持文星雜誌；入獄；隱居、復出等等，均重現於十年後出版的《李敖回憶錄》中；然而，在編排和增刪方面，卻有點不同。這不同並非事實有出入(在資料上，李敖絕不會前後矛盾，自打嘴巴)，而是在情感上。在《李敖自傳與回憶》書中，李敖分別以〈我最難忘的一位老師〉和〈北上非吾願，東林懷我師〉二章去記他的中學老師嚴僑，以及大學老師姚從吾，箇中師生之情，娓娓道來，感人至深；可惜，同樣的內容，在《李敖回憶錄》裏，被割裂、穿插於不同的章節內，文字雖同，感情的凝聚卻大打折扣。不知是否隨時光流逝，感情日趨轉淡？抑或作者、編者特作此安排，以求一新耳目？

同樣地，我比較二書所記李敖的獄中生活時，也有類似的感覺。《李敖自傳與回憶》以〈我最難忘的一個匪諜〉、〈我最難忘的一個小偷〉、〈我最難忘的一間牢房〉、〈我最難忘的一個流氓〉、〈我最難忘一段洗腦〉等五章去寫，筆觸深沉而細緻；十年後，同樣的往事，僅在《李敖回憶錄》內〈監獄〉一章裏略作記述，而那位「流氓」俞中興，則未見提及，雖然是難忘，畢竟是淡忘了。

李敖常以偉人自況，例如他以歐本海默暗示他考研究所口試時，眾教授為怕被他反過來發問，而不敢考問他；他借屈原和禰衡比喻自己不肯從俗富貴，寧直言而不諱；他用易卜生抒發他甘作「人民公敵」，為義受苦的感慨；他引曹雪芹說明他花十年辛苦去辦《千秋評論》，一點也不尋常。這些比喻，讀者認同與否，乃見仁見智，不過，李敖用自己比耶穌，就連李敖認為「頗能知我」的許以祺也不同意：

李敖常用自己比耶穌。我同他說這是不能比的，耶穌的愛心怕只有神才有，他說同耶穌比受難總可以吧！我倒相信他同耶穌一樣都能背十字架，不過耶穌是為世人背，李敖只為自己的理想、原則背，這也是神同人的分野。（頁386）

其實，許以祺這番批評還不夠徹底，請看這段《聖經》：

他（耶穌）並沒有犯罪，口裏也沒有詭詐；他被罵不還口，受害不說威嚇的話，只將自己交託那按公義審判人的主。他被掛在木頭上，親身擔當了我們的罪，使我們既然在

罪上死，就得以在義上活，因他受的鞭傷，你們便得了醫治。（〈彼得前書〉二章二十二至二十四節）

只有沒犯罪、沒詭詐的人，才配跟耶穌相提並論。

再者，李敖不是一個被罵不還口的人，他自言「我為人好勇鬥狠，有仇必報，並且沒完沒了。」（頁 192）對惡待他的人，如蔣介石、胡秋原等，李敖下筆不留情；對曾是他的朋友，後來「忘恩負義」的，如柏楊、林正杰、彭明敏等，李敖亦「寫書伺候」（頁 461）。反觀耶穌，祂被釘在十字架上，面對一羣攻擊祂，譏誚祂的人，祂竟為他們求情，說：「父啊！赦免他們，因為他們所做的，他們不曉得。」（〈路加福音〉二十三章三十四節）。李敖沒有這樣的胸襟。

李敖受難是他「帶頭正人心，布公道，求真相，抱不平」（頁 409）的結果，而耶穌受難是擔當世人的罪，為全人類帶來永恆救贖的盼望，相比之下，李敖又差一大截。所以，請李敖不要再說「我就是耶穌」（頁 373），妄稱神的名也是罪呢。綜觀李敖的前半生，他的敵人許多如今已不能與他為敵，像蔣介石、陶希聖、胡秋原等，死的死，老的老，是李敖擊敗他們嗎？不，他們都被時間打垮。時間是人類難以對付的敵人，除神以外，沒有不朽不壞，永恆不變的。李敖現在六十多歲，執筆寫回憶錄時，曾躺在醫院裏做手術，亦坦言「寶刀漸老」（頁21）。任人的本領如何前無古人，後無來者，亦難擺脱生老病死這個自然規律。十多年前，相信李敖沒想到今天有機會在電視上講他的「笑傲江湖」，十多年後的境遇又如何？誰人能測？然而，李敖預言他「歸骨於崑崙之西」時，會為人間「留下數不清的功德」（頁491），這份傲氣，惟李敖才有。

看書應該投入主觀感情，還是採取客觀態度？

看感性的作品，如詩、詞之類，宜投入主觀感情，去體會箇中的意境，好像讀李白的「白髮三千丈」，你不可能從理性的角度，去量度頭髮有多長？相反，看理性的作品，如評論、報告之類，便要採取客觀的態度，例如某民意調查聲稱「大部分市民不滿意公立醫院的服務質素」，我們必須分析這次調查：「大部分」佔被訪者的百分之幾？不滿意至什麼程度？所指的服務是哪一類服務？很多時，人們為達目的，常假借「客觀」、「科學」之名去誤導公眾，我們不可不察。

26

陳鼓應，你錯了——

評《耶穌新畫像——聖經的批判》

我認識基督教是從批判基督教的書籍開始，陳鼓應的《耶穌新畫像——聖經的批判》是其中之一，我常引書中的內容去刁難基督徒，當看見他們被我氣得臉紅耳赤時，心中就沾沾自喜。

後來，認識多了，漸漸發覺我錯了，同樣，陳鼓應也錯了。

《耶穌新畫像》犯上寫評論的三個毛病：（1）斷章取義；（2）誇張失實；（3）捨本逐末。陳先生堂堂大學教授，時常指導學生寫論文，經驗豐富，我這個後學晚輩實不該在此多言。然而，真理之前，對錯自顯，事實總歸是事實。《耶穌新畫像》書中值得商榷之處甚多，因篇幅所限，茲就上述數端，各舉二例說明：

斷章取義

陳先生為證明耶穌「刻意破壞倫常關係」，引〈馬太福音〉十章二十節（應為二十一節）：

兄弟要陷害兄弟，而置之死地，父親要拋棄兒子，而置之死地。兒女與父母為敵，害死他們。（頁 144）

其實耶穌的話還未說完，接着二十二節，祂說：

並且你們要為我的名被眾人恨惡。惟有忍耐到底必然得救。

這裏用了一個含遞進關係的關聯詞——「並且」，即後一段說話，比前一段說話有進一層的意思。明明是基督徒會受世人恨惡、迫害，耶穌勸大家忍耐，陳先生卻片面地把耶穌形容為教唆信徒陷害親人的魔君，委實歪曲了原著本意。另外，陳先生也寫了這段文字：「現在，他（耶穌）卻講述童女打燈的比喻：天國好比童女，拿着燈，出去迎接新郎，她們叩門祈求：『主啊！主啊給我開門，主人卻回說：我實實在在告訴你們，我不認識你們。』天國之門，變得如此地狹窄。」（頁 148）

這比喻出自〈馬太福音〉第二十五章一至十三節，陳先生又做手腳了，他只引述一半。本來是十個童女去迎新郎，其中五個聰明的預備好油，另外五個愚拙的卻沒有。她們等了很久，新郎未到，愚拙童女的油都燒光了，只好去買，結果，新郎來到，接了聰明的童女進屋，愚拙的童女買油回來，不得其門而入。耶穌以這比喻教信徒好好裝備，以待天國隨時降臨。陳先生不是基督徒，不明箇中含意是可原諒的，但引用原文，應忠於原著，不能因應個人的論點，私自刪減，此並非一中肯的評論者所應作的行徑。

誇張失實

適度的誇張是吸引讀者的寫作技巧，可是，失實的誇張未免流於鄙薄。陳先生認為上帝的施恩只限於百依百順的僕人，於是理直氣壯地說：「在舊約，找不到一個不聽從上帝還能得到祂垂愛的例子。」(〈序〉，頁3）根據說話的邏輯，只要舉出一個例子，便可把這話否定。在舊約中，我起碼找出三個——雅各、參孫、大衛王。雅各為人詭詐，自以為是，甚至與神角力，想擊敗神；參孫生平放蕩，屢犯神所立的規例；大衛王違反摩西十誡，貪戀拔示巴，陷害其夫烏利亞。這三人還是蒙上帝的祝福。

其實，在舊約中，悖逆神的，何止這三人，且看摩西帶領出埃及的以色列人，「除了婦人孩子，步行的男人約有六十萬。」(〈出埃及記〉十二章三十七節）這些本來在埃及作奴隸的人，在途中一次又一次的懷疑和埋怨神，神依然寬待他們。真不明白，陳先生怎會連一個例子也找不到，反而，不可能找到的，他竟找到不少。例如他說猶大本一心一意跟隨耶穌，及後發覺耶穌原來是個「懦夫」、「畏縮者」、「自我表揚的」，認清耶穌的真面目，於是：

猶大對於這種徒具虛名的糜費行為已經感到惜忍萬分，而耶穌的回話，使得猶大內心剩餘的一絲崇敬感全然破滅。他悔恨極了，猶如蒙受欺騙的悔恨。他不禁暗自忖度着：「原來將自己這般神化的人物，只是一張外皮而已！我為了實現某種理想的精神生活，忍心離開妻子，放棄事業……」（頁163）

於是猶大出賣了耶穌。陳先生在書的〈序首〉說：「這本書主要評論的範圍只限於《聖經》中重要部分」，這是一本評論性的書，並非創作小說，猶大這段內心獨白，不僅在《聖經》的「重要部分」沒有，「次要部分」也沒有，整本《聖經》都不見片語隻字。連幻想出來的也可引為論據，有欠實事求是的精神。

捨本逐末

陳先生一心要評論《聖經》的重要部分，可是，他對《聖經》的認識只屬皮毛和誤解。他說：「我常常覺得一個人上教堂，總比在麻將桌上要好，何況教會也常勸人為善。」（〈序〉，頁1）他以為基督教僅勸人為善，遂羅列所謂「證據」，證明神的「不善」，以達到批判《聖經》的宏願。

為善固然是基督徒的原則，但此非神默示《聖經》的主要目的。神是透過《聖經》要世人明白救恩之道。人為何要救？因為世人都犯了罪，罪的結果是死，「因為罪的工價乃是死；惟有神的恩賜，在我們的主耶穌基督裏，乃是永生。」（〈羅馬書〉六章二十三節），這救贖工作是靠耶穌被釘十字架完成──

他被掛在木頭上，親身擔當了我們的罪，使我們既然在罪上死，就得以在義上活。（〈彼得前書〉二章二十四節）

世人要得着這救恩，並不困難，只要信，信這是事實。這事看似難以置信，然而，在舊約中，關於耶穌降生至死而復活的預言有三百句，全部應驗的機會是 1 比10^{181}，即10之後再加181個位。

結果，在新約中，都一一應驗了。可能，有人以為是《聖經》作者編造出來的故事，不過《聖經》由首卷〈創世記〉到末卷〈啟示錄〉分別由四十多位活在不同時代的作者寫成，寫作年期相距約一千七百年，就新舊約間也相隔四百年，這還可能是文人筆下的謊言嗎？

救恩是《聖經》最重要的根本，陳先生卻未有顧及，反而一味隔靴搔癢地大談行為上的善與不善，其實《聖經》早就說：「你們得救是本乎恩，也因着信，這並不是出於自己，乃是神所賜的，也不是出於行為，免得有人自誇。」（〈以弗所書〉二章八至九節）

以上三端，都是《耶穌新畫像》的毛病，陳先生知道嗎？我想他不知，大凡犯錯的人，很少發覺自己的錯誤。陳先生不屑地說：「基督教為了製造信仰之餌，發明『罪』的教義，『人人有罪』的說法，否定了人類的尊嚴。」（〈序〉，頁2），敢問一聲，胡亂批評，誤導讀者，迷惑人心，算不算是罪？趕快放下尊嚴，好好認罪吧，因為「天國近了，你們應當悔改。」（〈馬太福音〉三章二節）

同樣是描寫疾病，為什麼出自醫生的手和出自病人的手會有分別？

你看醫生時，有沒有注意他為你寫的病歷紀錄、病假紙、藥方？你看得懂嗎？雖然是關於你病況的資料，但你全看不懂，彷彿與你毫無關係。你去探朋友的病時，朋友向你細訴他的病情，你聽得懂嗎？雖然是人家的病，但你明白他的感受和狀況。這就是醫生和病人描述疾病的分別了。

27 火之旅程後的反思

楊牧谷的《再生情緣》出 97 年增訂版。

在增訂版中多收錄他七篇佳作，因為可以再次分享他在病榻上的見證，思想他在苦難裏的心路歷程。

醫生在 1992 年冬天證實作者患上鼻咽癌，由 1992 年 9 月至 1993 年 4 月，作者接受了連串治療，他把這段時期的感受記錄下來，寫成二十二篇文章，即《再生情緣》的「上篇」。沒有深奧的哲學理論，沒有難懂的神學概念，一字一句盡是實際的經歷，再藉這些經歷引領讀者去思考兩個實際的人生課題：痛苦與死亡。

無端身罹惡疾，作為一個基督徒，作者對神的信心沒絲毫動搖，他很快擺脱了「為什麼是我」與「為什麼不是我」的思想繞纏，坦然接受事實，更明白到基督徒沒有免於苦難、事事亨通、患病得醫治的特權或恩寵，進而體悟治病不一定是終極，因為「有一個比痊愈更高更廣的空間可以存在，或期盼，那就是神的名字要得榮耀，祂的國可以早日降臨，祂的旨意可以成就在地，以及別人會得到益處。」（頁28）所以，在禱告中，他求神：「靠着你每時刻賜下的力量，我願意走過這趟火之旅程。」（頁31）

在這趟旅程中，作者與信仰上最大的敵人撒但作戰，撒但對付人有兩道板斧：得和失。沒有的，牠會加給人，例如名利；擁有的，牠威脅要奪去，例如健康。得或失常帶給人焦慮和壓力。作者面對喪失健康、生命的威脅，他三次感覺到死亡的陰涼，遭受無數次肉體的痛苦，令他難過、顫慄、又驚又懼。然而，他並不灰心喪膽，相反，當他思想神為何容讓他遇上苦難時，他能寫出：「神喜歡用我的軟弱來擊敗牠（撒但）」（頁7），多麼積極的一句話。

作者說戰勝撒但，並非他的病不藥而愈。與其他病人一樣，他接受三十多次體外和體內放射治療，以及飽受連番因治療而引發的後遺症的煎熬，包括：頭髮脫落、口腔黏膜被燒掉、舌頭有放射灼傷、身體極度虛弱、鼻孔嚴重流血、恐怖的頭痛等等。當作者的味蕾全被放射線燒掉後，他的經驗是：

喝酸辣湯或冬蔭公湯像吃稀漿糊，吃帶子跟吃鞋子，除了質感不一樣外，其他完全相同；或者瑞士巧克力，除了覺得有一把滑泥在你的上下顎轉來轉去之外，一點香甜的感受都沒有……（頁 74）

因此，他體驗到人沒有不容置疑的權利。為何人會有味蕾？有嘴巴是否一定能享受進食的樂趣？健康是必然的嗎？人的所謂基本權利是出於神的賜予，《聖經》說：「賞賜的是耶和華，收取的也是耶和華」（〈約伯記〉一章二十一節），只是很多時，人把神的恩賜絕對化，一旦失去，便忿忿不平。

避苦趨樂，求生畏死乃人情之常，作者一面嗅着癌細胞的氣味，一面想到耶穌基督。祂捨棄天上的榮耀，降世為人，嘗盡痛苦，飽經憂患，背負十架，經歷死亡。基督徒常說要與耶穌同工同行，那麼，作者面對痛苦與死亡，不正是一個跟隨主的良機嗎？想到這裏，他不禁慨歎：「為什麼基督徒遇上苦難時有那麼多怨言？」（頁 56）既然痛苦是一種操練，死亡亦非終極，疾病、得失、死亡已不能對作者構成任何威嚇，他要漂漂亮亮地活下去，並總結出：

信仰不是用來解釋人生，乃是用來承載生命，使我們可以走得更遠，去得更深——這是信仰賦予生命的勇氣。（頁136）

接着，作者更進一步論及儒、佛、道對苦難的了解，他說：

它們（儒、佛、道）對痛苦的了解都有一共通弱點：就是太個人化，缺乏了現代人珍重的羣體感與羣體責任，即是對別人的痛苦的看法和責任。（頁169）

惟有從死裏復活的耶穌基督，才能使人無懼痛苦與死亡，積極面對人生，並惠及他人。

如果上述道理，出自一個身體健康的傳道人、醫生、護士或社工之口，癌症患者可能覺得他唱高調，紙上談兵。然而，作者擁有一個威爾斯親王醫院放射治療部的編號RW92-2095，效果就大大不同了。保羅説：「我們在一切患難中，他就安慰我們，叫我們能用神所賜的安慰，去安慰那些遭各樣患難的人。我們既多受基督的苦楚，就靠基督多得安慰。」（〈哥林多後書〉一章四至五節）作者的遭遇和感受為他的病友帶來莫大的安慰。

在《再生情緣》「下篇」的十二篇文章裏，作者把療養過程中好些實用的資料，有系統地寫下來，讓病者對癌症的成因、檢驗、放射治療等有基本的認識。另外，家人應如何照顧病者、減痛的方法、免疫療法、建立防癌的生活方式等，都有專文介紹，對沮喪的病者和彷徨的家人很有幫助。

「續篇」是《再生情緣》的增訂部分，作者道出癌症康復者的心聲：

所有癌病人都會恐懼舊病復發，我們心裏都有一個時間表，就是所謂愈後期。病愈後經過三年會遇上高發率的時期，每到三年，我們就難安寢。三年過後，我們等第五年，五年沒事了，我們暫時鬆一口氣，然後等第八年。三年、五年、八年，那就像一本書到期了要歸還的樣子，心裏忐忑難安，無論外表是多興奮快樂，內心的陰霾不安是共有的經驗。（頁 338）

他以過來人的身分，從病者本身、醫生、家人、神四方面去思考，分析癌病再發的恐懼，以及對付這種恐懼的方法。

《再生情緣》是一本只適合癌症患者和家人看的書嗎？不是。作者靠賴神的恩典得勝，耶穌基督不是作者私人的神，祂願意把祂豐盛的恩典與慈愛賜給你和我；作者能在祂那裏得着幫助和安慰，我們也可以。同樣地，當人的心靈受到痛苦、得失、死亡等因素的衝擊，正徘徊於兩難之間時，作者的經驗亦是一個上佳的借鏡和鼓勵。

「續篇」最後的文章〈漫漫長夜〉，是作者對《聖經・詩篇》第十三篇的研究心得，也是他在苦難暫時過去後，靜下來的反思。〈詩篇〉第十三篇是一首哀歌，一次求助的祈禱，神對人的哀訴，不會掩臉不顧，只要人倚靠祂，相信祂，尋找祂，就必蒙拯救。

讀　者　回　應　表

為更有效分析閣下對突破出版社書籍的意見，
請於 www.btproduct.com/book 的「讀者回應卡」頁面內填寫。

謝謝您購買突破出版社出版的書籍！

為提高我們的服務和產品素質，現誠邀閣下給予寶貴意見。請循以下途徑填寫有關資料：
(1) 於 www.btproduct.com/book 的「讀者回應卡」頁面填寫；或
(2) 填寫此表後傳真至(852)2632-0807；或
(3) 填寫此表後寄回香港沙田亞公角山路 33 號突破青年村市場部。

請在適當地方劃上「✓」號。

購買的書名：＿＿＿＿＿＿＿＿ 系列：＿＿＿＿＿＿＿＿

購書地點（書店/網站名稱）：＿＿＿＿＿＿＿＿

所屬地區或國家：□香港 □澳門 □台灣 □國內 □新加坡 □馬來西亞 □澳洲 □美國 □加拿大 □其他：＿＿＿＿＿＿＿＿

1. 你從何處得知本書？ □書店 □報紙或雜誌廣告 □朋友介紹 □銷售人員推介 □《U+》雜誌 □U-zone21 網站 □「突破框框」會員通訊 □《突破 Channel》 □突破網頁 □其他 ＿＿＿＿
2. 這書吸引你最主要的原因是（可選兩項）？ □作者 □書名 □封面設計 □出版社 □題材及內容 □其他 ＿＿＿＿
3. 你認為本書的售價：□便宜 □合理 □太貴 建議價錢：＿＿＿＿
4. 你對本書的滿意程度：□非常滿意 □滿意 □普通 □不滿意 □非常不滿意
5. 讀完本書後您覺得：□獲益良多 □有所啟發 □得著不大 ＿＿＿＿
6. 你對本書的其他意見：＿＿＿＿

為方便進行分析，請在下列適合的方格劃上「✓」號

1. 性別：□男 □女
2. 年齡：□ 12 歲或以下 □ 13-18 歲 □ 19-24 歲 □ 25-34 歲 □ 35-44 歲 □ 45 歲或以上
3. 教育程度：□小學 □中學 □預科或專上 □大學 □大學或以上
4. 職業：□學生 □教師 □社工 □專業人士 □教牧同工 □文員 □營業/推廣 □行政/祕書 □家庭主婦 □其他＿＿＿＿
5. 宗教信仰：□無宗教信仰 □基督教 □佛教 □天主教 □其他 ＿＿＿＿
6. 每月收入：□ HK$5,000 或以下 □ HK$5,001 - HK$14,999 □ HK$15,000 - HK$29,999 □ HK$30,000 或以上
7. 你每月平均購書多少 ？ □少於一本 □ 1-3 本 □ 4-6 本 □ 7 本或以上
8. 最近一年你購進的突破書籍共 □ 1-3 本 □ 4-6 本 □ 7-9 本 □ 10 本或以上 □我第一次購買突破書籍
9. 你通常以何種方式購書？ □購自書店 □網站購書 □其他 ＿＿＿＿
10. 你最喜愛購買哪類型的書籍？ □小說 □心靈/勵志 □生活輔導 □趣味小品 □親子 □其他 ＿＿＿＿

如你願意定期收到突破出版社或突破機構的資訊，請填寫下列資料

電子郵件信箱：＿＿＿＿＿＿＿＿

姓名：＿＿＿＿＿＿＿＿ 聯絡電話：＿＿＿＿＿＿＿＿

聯絡地址：＿＿＿＿＿＿＿＿

若你想認識更多有關突破出版社的書籍，突破機構的服務、產品資料，歡迎瀏覽下列網址：

突破機構：http://www.breakthrough.org.hk 突破產品：http://www.btproduct.com
突破出版社專頁：http://www.btproduct.com/book 電郵地址：book@btproduct.com
一般查詢電話：(852) 2632-0000 傳真：(852) 2632-0807